coleção 'tá sabendo?

Como se constrói a paz?

Luis Henrique Beust
Silmara Rascalha Casadei

Ilustrações
Cláudia Cascarelli e Marco Godoy

1ª edição
―――――――
2ª reimpressão

© 2010 texto Luis Henrique Beust
Silmara Rascalha Casadei
ilustrações Cláudia Cascarelli e Marco Godoy

© Direitos de publicação
CORTEZ EDITORA
Rua Monte Alegre, 1074 – Perdizes
05014-001 – São Paulo – SP
Tel.: (11) 3864-0111 Fax: (11) 3864-4290
cortez@cortezeditora.com.br
www.cortezeditora.com.br

Direção
José Xavier Cortez

Coordenação da Coleção
Mario Sergio Cortella
Silmara Rascalha Casadei

Editor
Amir Piedade

Preparação
Alexandre Soares Santana

Revisão
Alexandre Ricardo da Cunha
Oneide M. M. Espinosa
Rodrigo da Silva Lima
Roksyvan Paiva

Edição de Arte
Mauricio Rindeika Seolin

Impressão
Editora Parma Ltda.

Dados Internacionais de Catalogação na Publicação (CIP)
(Câmara Brasileira do Livro, SP, Brasil)

Beust, Luis Henrique
   Como se contrói a paz? / Luis Henrique Beust, Silmara Rascalha Casadei; [ilustrações Cláudia Cascarelli]. – 1. ed. – São Paulo: Cortez, 2010.
(Coleção 'tá sabendo? Série Humanidades)

ISBN 978-85-249-1532-1

1. Paz – Literatura infantojuvenil I. Casadei, Silmara Rascalha. II. Cascarelli, Cláudia. III. Título. IV. Série.
09-09237   CDD-028.5

Índices para catálogo sistemático:
1. Paz: Literatura infantojuvenil   028.5
2. Paz: Literatura juvenil   028.5

Impresso no Brasil — fevereiro de 2017

Introdução

O filósofo e professor Joaquim sempre visitava a antiga escola em que dera aulas. Todos o conheciam e a diretora apreciava suas visitas, pois ele se dispunha a conversar com professores e alunos. Um dia, quando estava no pátio da escola, conheceu o menino João Augusto e conversaram bastante. O filósofo ficou impressionado com a capacidade de fazer perguntas que o menino possuía e dispôs-se a compartilhar seus conhecimentos. O menino aprendeu muito com o filósofo, e o filósofo aprendeu muito com aquele menino cheio de curiosidade e ideias. Por fim, ficaram amigos. O menino pensou em ampliar essa boa amizade e perguntou ao filósofo se poderia trazer novos amigos. O filósofo adorou a sugestão, e a animada diretora autorizou a utilização de uma sala de aula em horário predeterminado. Juntos, inauguraram o novo espaço. Desde então, toda quinta-feira às 14 horas, na Escola Cecília Meireles, diversos alunos se encontram, acompanhados pelo filósofo Joaquim e pelo menino João Augusto. Novos temas, pesquisas, relatos de experiências, debates e sugestões são sempre bem-vindos. Hoje, o local já tem um nome próprio, indicado numa placa afixada na parede: Espaço Paideia – um antigo termo grego. O lema do Espaço Paideia é "formar uma pessoa decente na cidadania, saudável no cuidado, competente na ciência, amorosa na convivência e criativa na autonomia". Com esse lema, os alunos participantes dos encontros procuram desenvolver, da melhor forma possível, esses valores em si mesmos.

Capítulo I

A chegada de um novo aluno

Naquele dia, quando o filósofo chegou para mais um encontro, percebeu que a turma estava mais quieta que de costume e, após saudá-los, perguntou:

— Tudo bem com vocês?

— Conosco, sim – respondeu João Augusto –, mas estamos meio bravos, pois está acontecendo algo muito chato na nossa turma.

— E vocês gostariam de compartilhar aqui no grupo?

Juliana logo tomou a palavra:

— Sim, mas não sei se você poderá nos ajudar... – A menina respirou fundo e continuou:

— O fato é que existe alguém em nossa turma, o Francisco, que é novo na escola, sempre fica quieto e não sabe direito o que fazer. Pois bem, existe um grupo de colegas que não para de ficar gozando o menino...

— Eles não são nossos colegas, não – corrigiu Pedrinho. – Pessoas assim nem quero por perto.

— Vocês acham que conseguiriam trazer esse grupo para nossos encontros? – perguntou o filósofo.

— Claro que não! – exclamou Maria Clara. – Bem... eu também não gostaria que eles viessem, mas tenho certeza que, se convidados, não viriam. Eles dizem que aqui só ficamos conversando como bobos...

— É, eles é que são espertos, provocando as pessoas. Pra quê? – comentou ironicamente Arthur Henrique.

— Sempre aprendi com você, professor Joaquim, que o conhecimento deve servir para ajudar a melhorar pessoas. Mas e se elas não querem? Sinceramente, não sei como ajudar o Francisco – admitiu João Augusto.

O filósofo pensou por longo momento, olhando profundamente o rosto daqueles alunos. Por fim propôs:

— E se trouxéssemos alguém aqui que pudesse nos falar sobre paz?

— Paz? – repetiu Pedrinho. – Mas isso é fácil. "Quando um não quer, dois não brigam", diz o meu pai.

— Se fosse tão fácil, o Francisco não estaria tão chateado e os meninos já teriam parado – argumentou Cecília, que ouvira tudo atentamente.

— Bem... isso é verdade – concordou Pedrinho.

— Minha mãe luta com muito custo para produzir e vender artesanato que ela mesma faz. Estou sempre a ajudando. Não acho justo ela se sacrificar sozinha. Eu não tenho pai... – desabafou Beatriz com tristeza. E prosseguiu indignada: – Pois não é que eu trouxe nossas peças de artesanato aqui na escola, para vender aos professores, e um dos meninos disse que era tudo muito cafona?!

— São muitas as questões de guerra e paz que vemos no mundo – ponderou Arthur Henrique, que vivia lendo sobre isso e pensava no assunto até quando brincava com seus bonequinhos.

O filósofo, que a tudo ouvia de modo interessado e atento, trouxe-lhes uma indagação:

– Ouvindo vocês, pergunto: será que existem apenas as grandes guerras entre os povos ou existem também, em nosso dia a dia, pequenas guerras que afetam profundamente nosso coração? Assim como no caso de Francisco ou mesmo no desrespeito que vimos pelas peças de artesanato que Beatriz faz com sua mãe.

– Existem guerras grandes e pequenas, mas todas machucam, não é, professor? – opinou Arthur Henrique.

De repente, João Augusto lembrou-se:

– Já tivemos na escola uma pessoa que veio dar uma palestra sobre a paz aos nossos pais. Será que ele viria conversar conosco? Posso falar com a diretora.

– Meu pai assistiu e gostou muito. Ele voltou para casa diferente, abraçando a gente, elogiando. Minha mãe até estranhou... – contou Cecília.

O filósofo animou-se:

– Fale com a diretora, João Augusto, e vamos tentar trazê-lo até nós. Convide também o Francisco e os meninos dos quais vocês falaram aqui. Mesmo que não venham, é bom saberem que conversaremos sobre esse assunto.

– Mas e se o homem da paz não vier? – perguntou Maria Clara.

Joaquim achou engraçado o fato de Maria Clara chamá-lo de "o homem da paz".

– Ei, Joaquim, e se o homem da paz não vier? – repetiu a menina.

– Estudaremos o assunto entre nós – respondeu simplesmente o filósofo.

Mas ele veio. Interessou-se muito em conversar com os alunos da escola que queriam aprender algo sobre as possibilidades e as histórias da paz.

Os alunos, sentados em semicírculo, esperavam-no. Naquele dia, Francisco mostrava-se um pouco mais contente, por ter sido convidado para participar daquele grupo. Ainda não tinha amigos na escola; lanchava sozinho e o intervalo parecia-lhe interminável por conta de não ter companhia.

A diretora estava satisfeita por Artur Daniel ter aceitado seu convite. Ficava triste por receber denúncias de zombarias e agressões na escola. Quando João Augusto veio até ela, pedindo-lhe que contatasse Artur Daniel e o convidasse para vir conversar com o grupo de alunos, ficou imediatamente interessada em ajudá-lo.

– Queridos! – exclamou a diretora. – Com muita alegria trazemos a vocês nosso amigo Artur Daniel, um estudioso, palestrante e consultor internacional em assuntos de paz. Tenho absoluta certeza de que vocês gostarão demais de conversar e aprender com ele. Mais até, sentirão quanto é bom vivenciarmos ações de paz em nossa vida.

O filósofo Joaquim sentia-se profundamente comovido. O Espaço Paideia estava levando-os para campos inimagináveis do conhecimento. Aprender coletivamente tornava-se rara experiência que lhe dava prazer, ampliava os saberes e melhorava a vida de todos.

Todos observavam Artur Daniel, o homem que conversaria com eles sobre a paz. Sua presença era tranquila e serena. De estatura alta e magra, tinha olhos cheios de vivacidade.

Capítulo I

João Augusto, muito observador, ficou se perguntando: por que será que aquele homem parecia sorrir mesmo sem estar sorrindo? Achou que ele sorria por dentro. O menino, então, fez as honras da casa.

— Seja bem-vindo ao Espaço Paideia. Agradecemos muito sua presença entre nós.

Artur Daniel, olhando todos de modo amistoso e profundo, respondeu:

— Eu é que lhes agradeço. Pela primeira vez converso com jovens. Em todas as minhas vivências, sempre sou rodeado de adultos, que me chamam para tratarmos de assuntos de convivência e paz. Portanto, será uma rica experiência, que me transportará para novos grupos. A interação é um dos pontos fundamentais para a paz entre os povos.

Juliana, que levantara o tema na semana anterior, e Arthur Henrique, que adorava o assunto, haviam redigido as perguntas do grupo. A menina dirigiu-se ao palestrante:

— Artur Daniel, sempre quando temos um convidado, procuramos ouvir e escrever as perguntas do grupo. Hoje seremos os representantes. Podemos perguntar-lhe?

— Claro que sim! Mas proponho também que todos dialoguem quando julgarem necessário, para que não fiquemos apenas em perguntas e respostas. Afinal, não é uma entrevista, ou é?

Joaquim então o tranquilizou:

— Quanto a isso você pode ficar sossegado, pois o que não faltará são conversas dos alunos...

— Ora, até que somos comportados — disse, sorrindo, João Augusto.

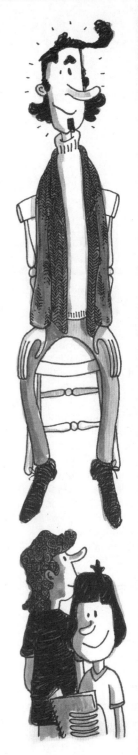

— Isso é verdade. Bem, vamos começar?

— Quando você começou a se interessar por assuntos de convivência? – Arthur Henrique fez a primeira pergunta do grupo.

— Puxa, nem sei dizer direito. Lembro que, ainda na infância, sempre procurava evitar brigas e não gostava de ver atos violentos. Quando eu tinha uns 8 ou 9 anos, havia um menino que vivia implicando comigo. Ele era mais forte e acho que não gostava de mim porque eu tirava notas melhores que as dele... Várias vezes criou situações para poder brigar comigo no tapa. Mas nunca aconteceu, pois os amigos impediam. Então, um dia, decidi que tinha de falar com ele sobre isso, frente a frente. Chamei o menino sozinho num canto da escola e expus o problema. Disse que não tinha nada contra ele e que ficava incomodado com sua implicância. E perguntei se havia algo que eu poderia fazer para que aquela implicância parasse. Ele ficou meio sem jeito. Desconversou. E NUNCA MAIS IMPLICOU COMIGO! Acho que essa experiência me convenceu de que o diálogo é o melhor caminho para a paz.

— O que é a paz? – Juliana leu a primeira pergunta do grupo.

— **Norberto Bobbio**, grande filósofo que estudou a fundo a questão da paz, argumenta que, em geral, o termo paz tem dois campos bem definidos de significado: a paz *interna* e a paz *externa*.[1] No seu sentido mais amplo, paz significa ausência (ou cessação, solução, etc.) de um conflito. *Paz interna* (ou interior) refere-se à ausência (ou cessação etc.) de um conflito interno entre comportamentos, pensamentos, sentimentos ou atitudes de uma mesma pessoa.[2]

Norberto Bobbio (1909-2004), filósofo italiano dedicado às Ciências Políticas e historiador do pensamento político. Recebeu diplomas *honoris causa* (título de doutorado honorífico concedido por uma universidade) das Universidades de Paris, Buenos Aires, Madri, Bolonha e Chambéry.

[1] BOBBIO, 2003, p. 137.

[2] BOBBIO, 2003, p. 138.

Assim, uma pessoa que pensa que mentir é errado, mas mesmo assim mente, não está com paz interior, pois há um conflito entre o que ela pensa e como ela age.

[3]BOBBIO, 2003, p. 138.

Por *paz externa* entende-se a ausência (ou cessação etc.) de conflito externo entre indivíduos ou grupos humanos diferentes.[3] Por exemplo, se há uma guerra entre tribos indígenas, ou entre nações, em decorrência de um conflito de interesses, então não há paz. A paz vem quando o conflito é resolvido e os ataques mútuos cessam.

— Acho que em nossa classe não estamos em paz — observou Pedrinho. — É um tal de um perturbar o outro... Tem certo grupinho que incomoda todo o mundo. Basta alguém se mostrar um pouco diferente que, pronto, já começam com a zombaria.

Maria Clara virou-se para a amiga:

— Lembra aquela vez em que você cortou o cabelo, Cecília? Eles ficaram caçoando de você a semana inteira.

— É claro que lembro. Agora, sempre que vou ao cabeleireiro, fico com medo de vir para a escola.

Francisco percebeu, pela primeira vez, que a zombaria não era só com ele. Estava um pouco mais aliviado. Gostaria de falar de suas angústias, ali naquele grupo bacana, mas ainda não se sentia à vontade.

O filósofo, percebendo a inquietação de Francisco, interveio:

— Acho que eles querem que todos sejam iguaizinhos. Mas será que isso seria possível? Para termos paz, precisaríamos mesmo que todos fossem iguais?

A turma esperou a resposta de Artur Daniel.

— A paz e a ordem mundial só podem ser estabelecidas com uma consciência firme sobre a unidade

da humanidade. Existe uma só espécie humana, embora haja infinita variedade nos aspectos secundários da vida.

– Aspectos secundários da vida? Como assim? – quis saber Arthur Henrique.

– Isso quer dizer que, entre os vários povos, há uma série de diferenças no que diz respeito à cor da pele, à língua, às tradições, à religião, à cultura, etc. Mas todas essas diferenças são secundárias. O principal é que toda a humanidade pertence a uma mesma espécie. Por exemplo: se alguém precisa de uma transfusão de sangue para sobreviver, não adianta o doador falar a mesma língua ou ser da mesma raça. O fundamental é que tenha o mesmo tipo sanguíneo (que pode ser A, B, AB ou O). Se o doador tiver o mesmo sangue que o doente, então não importa quem ele seja nem qual sua religião, cor de pele, cultura, etc.

– E como podemos aceitar a unidade da humanidade se ela é cheia de diferenças? – interrompeu João Augusto.

– Justamente: a paz requer o abandono de todos os preconceitos. O abandono de tudo o que faz as pessoas se considerarem superiores umas às outras.

Este princípio fundamental – todos os indivíduos do planeta fazem parte da mesma família humana – deveria ser universalmente proclamado, ensinado nas escolas, constantemente reafirmado em todas as nações e defendido por meio de leis apropriadas.

O lema da paz é a *unidade na diversidade*. Essa é a lei universal da paz.

– Esse lema sempre existiu? – perguntou Arthur Henrique, em vez de ler a pergunta do grupo.

– No passado, havia *unidade na igualdade* – ou seja, os que se consideravam iguais evitavam a guerra entre si – e *conflito na diversidade*: os diferentes se combatiam e se odiavam. Esses dois modos de agir estão ultrapassados.

– E o que é moderno? – perguntou uma vez mais Arthur Henrique.

Artur Daniel percebeu que os meninos e meninas se interessavam bastante por aquele tema tão profundo. "Será que sempre são assim?", indagou-se. Percebeu também que Arthur Henrique era o mais interessado de todos eles. Pensou, brincando, que podia ser uma característica do nome, o mesmo que o seu.

– O que é moderno é a *unidade na diversidade*! Hoje a tecnologia uniu todos os povos e nações do mundo. Quando pensamos a respeito da ecologia, refletimos acerca da interdependência entre os seres vivos. Por isso, pode e deve haver união entre os diferentes povos, nações, etnias e religiões da terra. E vocês podem contribuir muito para a paz, aprendendo e ensinando esse maravilhoso conceito.

– Mas nós nem conseguimos trazer aqui para o grupo os colegas que estão causando brigas na classe! Como podemos contribuir? – questionou João Augusto, num tom de voz que revelava toda sua preocupação.

– Todas as coisas belas no mundo dependem da unidade na diversidade: a natureza, uma orquestra sinfônica, uma banda de *rock*, uma pintura, uma canção, um jardim de flores, etc. Em todas essas coisas, elementos diferentes estão harmonizados numa unidade fundamental. Por favor – Artur Daniel dirigiu-se a Joaquim –, seria possível ouvirmos um CD?

– É claro. O pai de Maria Clara fez doação de um aparelho de som, que guardo no armário.

O filósofo pegou a chave que trazia consigo, abriu o pequeno armário da sala e retirou o aparelho. O convidado, por seu turno, retirou de sua mala um CD de certo conjunto bem conhecido pelos jovens.

A turma espantou-se, pois achou que ele poria para tocar um CD mais antigo.

Artur Daniel percebeu e aproveitou a oportunidade:

– A unidade na diversidade deve respeitar o jeito e as crenças de cada um. Portanto, convido vocês a ouvir uma música de que gostam e uma que não conhecem. Pode ser?

Aquele homem de repente ficara ainda mais simpático aos olhos de toda a turma. Imediatamente concordaram.

O filósofo refletiu que bons argumentos sempre são bem-vindos entre os jovens.

Juntos, naquela tarde, ouviram duas músicas. Uma de um conjunto de jovens brasileiros e outra de um conjunto de jovens de um país bem distante.

Pedrinho ficou imaginando como seriam e o que estariam fazendo naquele exato momento.

– As músicas são bem diferentes e, no entanto, as duas são muito lindas! – elogiou Juliana.

– Diferentes instrumentos, timbres, ritmos e harmonias produzem um efeito maravilhoso por estarem sujeitos à lei da unidade. Mas cada música nos apresenta uma união diferente, diversa. Assim são também vocês: humanos, mas cada um com um conjunto genético diferente, que se traduz em cor e

Capítulo I

espessura do cabelo, estatura, cor dos olhos, formato do nariz, das mãos, dos pés e, internamente, no jeito de sentir, de amar, de pensar...

Dessa forma terminaram o primeiro encontro. Foram para casa com as músicas tocando na mente. A conhecida era fácil de cantar. Quanto à outra, muitos precisavam da ajuda dos colegas para lembrar...

"Hum", João Augusto ia pensando. "Acho que vou começar a colecionar CDs de outros locais do mundo. Hum... que legal!"

Capítulo II

Caminhos para a paz

O encontro seguinte iniciou-se no horário costumeiro.

– Oi, pessoal! Vou ler outra pergunta do nosso grupo – principiou Juliana. – Fomos procurar significados da paz, pois Joaquim nos ensinou a sempre ler um pouquinho sobre o assunto que trazemos ao nosso espaço. Lemos num livro que "a paz é mais do que a ausência de guerra": o que isso significa?

– Ótima pergunta! – reconheceu Artur Daniel. – Vamos lá: a paz entre pessoas, grupos humanos e nações advém basicamente de um estado interior apoiado por uma atitude espiritual ou moral. Existem *princípios espirituais*, também conhecidos como *valores humanos*, como o amor, a fraternidade, o perdão, a paciência, a bondade e a justiça, que formam a base da paz. Quando esses princípios espirituais não são postos em prática, não se pode dizer que há paz, ainda que não haja guerra na forma de conflito armado ou violência organizada.

– Você pode nos dar um exemplo? – pediu Arthur Henrique.

– É claro que sim. Imagine que, numa escola, alguns estudantes tenham profundo preconceito contra outros. Mesmo que esse preconceito não se expresse na forma de agressão física, não se pode dizer que há paz verdadeira entre eles. Da mesma forma, entre nações: muitas vezes elas se antagonizam e alimentam sentimentos de ódio e preconceito umas contra as outras. Nesse estado de coisas, mesmo que não haja guerra, tampouco há paz!

– Em se tratando de nações, como seria? – perguntou João Augusto.

– Vocês já devem ter ouvido falar do período da guerra fria entre os Estados Unidos da América e a ex-União Soviética. Pois bem, durante cerca de 35 anos, de meados dos anos 40 ao início dos anos 90 do século XX, ambos os lados viviam em constante estado de conflito, tensão e competição. O conflito se expressava por meio de espionagem, desenvolvimento de armas, invasões, propaganda ideológica, corrida tecnológica, apoio a guerras regionais e corrida espacial. A guerra fria consumiu bilhões de dólares para "defesa", incluindo a corrida nuclear, e acumulou armamento atômico capaz de destruir toda a vida na Terra. Nunca houve, durante esse período, uma guerra verdadeira entre os Estados Unidos e a União Soviética, mas é claro que também não havia paz! Por isso se chamou de *guerra fria*.

– Puxa, nunca pensei sobre isso! – surpreendeu-se Maria Clara.

– Portanto – prosseguiu Artur Daniel –, para que haja paz, é necessário que os corações e as mentes dos povos e de seus líderes estejam livres de antagonismo,

Capítulo II

desconfiança e ódio e estejam alinhados aos mais altos e nobres princípios espirituais ou valores humanos. Por isso *a paz é mais do que a ausência de guerras.*

– Hum... – João Augusto sempre emitia esse som quando estava consigo próprio, elaborando suas perguntas. Ele voltou à primeira fala de Artur Daniel.

– Você nos disse que existem dois tipos de paz: a paz externa e a paz interna. E a violência também tem tipos?

O homem riu do jeito do menino, percebeu que ele era minucioso em seus aprendizados e queria saber de tudo.

– A violência pode ser entendida de muitas formas. Um dos grandes pensadores do século XX sobre a paz, o norueguês Johan Galtung, classificou a violência em três tipos: *direta, cultural* e *estrutural*. A violência direta *é visível,* pois pode ser percebida diretamente quando as suas vítimas são mortas, feridas, expulsas de seus lares ou sofrem alguma espécie de dano material. Já a violência cultural e a estrutural são *invisíveis* e se manifestam na forma de preconceitos, costumes, restrições, leis e situações em que algumas pessoas são oprimidas. A violência estrutural se manifesta como formas sistemáticas pelas quais um regime impede as pessoas de alcançar o próprio potencial. A discriminação baseada no sexo, na raça, na crença ou na ideologia são formas de violência estrutural. A violência cultural se dá basicamente pelo preconceito.

– Não entendi. Qual é a diferença entre a violência estrutural e a cultural? – indagou Cecília.

Johan Galtung
(1930-), sociólogo norueguês e um dos principais fundadores da disciplina Estudos da Paz e do Conflito. Recebeu sete diplomas *honoris causa*.
É o fundador da Transcend, importante organização internacional dedicada à resolução de conflitos de forma pacífica. Pode ser conhecida (em inglês) no *site*:
<http://www.transcend.org>.

21

– A violência cultural existe quando pessoas discriminam outras porque estas são diferentes no jeito de viver, de crer, de se vestir, porque são de outra etnia, nacionalidade, região ou mesmo porque torcem para outro time de futebol. Nesses casos, as pessoas, movidas por preconceitos, dificultam ou mesmo infernizam a vida dos seus semelhantes, que geralmente pertencem a grupos minoritários dentro da sociedade. Mas não há leis nem instituições que promovam essa atitude. São as próprias pessoas que provocam a situação. A violência estrutural se dá quando esse preconceito é defendido pelas instituições e leis do Estado. Havia um tempo em que, nos Estados Unidos, os negros e os brancos não podiam estudar nas mesmas escolas, frequentar os mesmos cinemas, praças, ônibus, etc. Isso se dava também na África do Sul, durante o regime conhecido como *apartheid*, que quer dizer *separação* no dialeto africânder, falado por lá. *As leis provocavam tal situação!* Essa é uma manifestação evidente de violência estrutural.

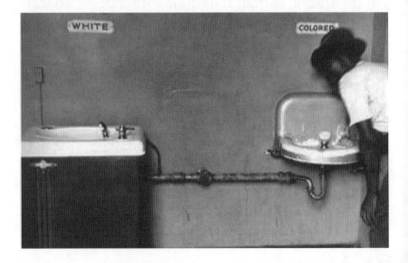

Violência estrutural: segregação racial nos EUA (anos 50). Na foto, um bebedouro apenas para brancos (*white*) e outro só para pessoas de cor (colored).

Capítulo II

Arthur Henrique sentiu-se injustiçado. Entre seus antepassados, havia negros e índios que também sofreram injustiças raciais.

– Quando conheci o filósofo Joaquim, ele também me falou sobre o preconceito contra as mulheres. Disse que algumas filósofas foram perseguidas e mortas só por manifestarem suas ideias – relatou João Augusto.

– Que injustiça! – indignou-se Maria Clara.

– Exatamente – concordou Artur Daniel. – As mulheres, até meados do século XX, eram consideradas *incapazes* de votar numa eleição, e as leis eleitorais não lhes facultavam o voto. No Brasil, elas conseguiram o direito de votar apenas em 1932. Na França, em 1944; na Itália, em 1946; na Argentina, em 1947; na Colômbia, em 1954; na Suíça, em 1971 (Suíça, imaginem!); no Iraque, apenas em 1980! É claro que negar o direito de voto apenas por causa do sexo é uma enorme violência estrutural!

– Existem ainda preconceitos contra as mulheres? – perguntou Beatriz.

– Apesar de esse problema ter sido eliminado na grande maioria das nações do mundo (portanto, um aspecto da violência estrutural foi eliminado), ainda existem muitos preconceitos contra as mulheres. Por exemplo, elas geralmente recebem um salário inferior ao dos homens, mesmo quando desempenham funções idênticas. Isso não é defendido pelas leis, mas está ainda embutido na maioria dos sistemas culturais, que são a forma pela qual tradicionalmente as pessoas pensam e fazem as coisas.

Sempre que houver discriminação e redução dos direitos por causa da cor da pele, da crença, da origem,

23

do nível econômico, da cultura, da orientação sexual, política ou filosófica, estaremos diante de exemplos de violência cultural ou estrutural.

— Acho que, por causa dessa tal violência estrutural, existe a violência direta. Meu bisavô era negro e viveu na época da escravidão. Meu pai me disse que o "bisa", mesmo na idade adulta, chegava a apanhar quando não realizava o serviço direito – contou Arthur Henrique.

— Johan Galtung concorda com você. Ele argumenta que essas duas outras formas são muito piores do que a violência direta, que geralmente é provocada por elas; ou seja, o preconceito gera a violência física. Por isso temos de lutar para eliminar do coração todo tipo de preconceito e ensinar os outros a não nutri-los.

Pedrinho – que sempre se enroscava com nomes difíceis – ficou contente por Johan "Gal alguma coisa" concordar com Arthur Henrique, pois percebia que às vezes o colega se sentia excluído de um ou outro grupo.

Artur Daniel foi até o quadro e fez um desenho. Escreveu algumas palavras e disse-lhes:

— Vejam o esquema que representa essas ideias de Galtung.

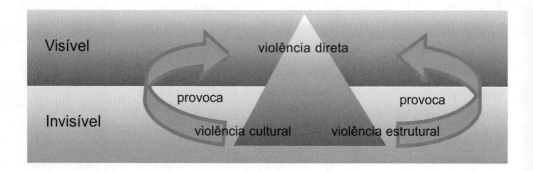

Nesse momento, Francisco encheu-se de coragem e perguntou:

– Como a violência estrutural pode ser resolvida?

Antes que Artur Daniel se pronunciasse, Joaquim apressou-se em dizer:

– Essa é uma ótima pergunta, meu rapaz. Aliás, já no encontro passado gostaria de lhe ter dito que é muito bom ter um integrante novo em nosso grupo. A turma falou de você e do fato de querer sua amizade.

– Isso mesmo – confirmou Pedrinho.

– Podemos lanchar juntos amanhã, se você quiser – convidaram, ao mesmo tempo, João Augusto e Arthur Henrique.

– Obrigado, muito obrigado mesmo – agradeceu Francisco, entre aliviado e feliz. Começava a gostar da nova escola.

Artur Daniel, então, respondeu à pergunta:

– Há várias coisas que podem ser feitas. Algumas são fundamentais, apesar de não serem geralmente associadas aos esforços pela paz. Vejamos:

Em primeiro lugar, o nacionalismo desenfreado deve ceder lugar a uma lealdade mais ampla – o amor à humanidade como um todo. O amor a todos os povos do mundo não exclui o amor de cada pessoa ao seu país e elimina uma das mais constantes causas de conflito armado.

A diferença exagerada entre as condições de vida de ricos e pobres é uma fonte de intenso sofrimento e mantém o mundo à beira da guerra. A solução disso é um dos requisitos para a paz e exige a aplicação combinada de meios espirituais, morais e práticos. É preciso que se busque nova forma de encarar esse problema.

Como se constrói a paz?

A emancipação da mulher, com a concretização da plena igualdade de direitos entre os sexos, é um dos requisitos mais importantes, embora dos menos reconhecidos, para o estabelecimento da paz. Só quando as mulheres forem bem recebidas em todos os tipos de atividades humanas, em condições de igualdade, é que se criará o clima moral e psicológico do qual poderá emergir a paz internacional.

A educação universal precisa receber o maior apoio que os governos lhe possam dar. Afinal, a ignorância é a principal razão para o declínio e a queda dos povos e para a perpetuação dos preconceitos.

O fato de os povos não conseguirem se comunicar numa mesma língua enfraquece muito os esforços para o estabelecimento da paz no mundo. A adoção de uma língua auxiliar internacional muito ajudaria nesse sentido e é um assunto que merece a mais urgente consideração.

Joaquim percebeu que os olhos dos alunos e alunas brilhavam em conjunto com os de Artur Daniel, que lhes falava em tom emocionado. Havia naquela sala a esperança de um mundo melhor. Esperança, como dizia seu amigo Paulo Freire, do verbo esperançar, que envolve agir enquanto se espera, semeando por onde se passa o cuidado e o plantio de árvores e valores.

Uma apresentação detalhada desses argumentos pode ser encontrada *on-line* no magnífico texto *A promessa da paz mundial*, entregue em 1986 a todos os líderes mundiais pela Comunidade Bahá'í. Disponível em: www.bahai.org.br/direitos/Prom_Paz_Mund.htm.

Capítulo III

A ciência estuda a paz?

Cecília, que se interessava muito por religiões – pois em sua família havia católicos, budistas, evangélicos e espíritas –, solicitou aos colegas permissão para começar as perguntas naquele encontro e pediu a Artur Daniel que falasse um pouco sobre o assunto, "afinal, muitas guerras vieram da religião".

– Seu pedido é muito importante, pois, de fato, por causa das religiões, muitas guerras foram deflagradas. A *unidade na diversidade* das religiões é outro aspecto fundamental na marcha para um mundo unido. As religiões representam o principal elo entre a humanidade e aquela incognoscível Essência das essências chamada Deus.

Incognoscível: que não pode ser conhecida.

Todas as grandes religiões reveladas ao homem serviram para garantir o avanço da civilização e estabeleceram as bases da ordem social e da realização espiritual. Todas, sem exceção, colaboraram para o progresso espiritual e social da humanidade.

– Mas, se todas buscaram a mesma coisa, por que então há tanto conflito? – interrogou novamente Cecília.

— As disputas entre as religiões — explicou Artur Daniel — devem-se às distorções e interpretações errôneas impostas aos seus seguidores. O conflito é causado pelo apego cego a dogmas e rituais e pelo fanatismo que aliena as pessoas da realidade e do bem.

Na essência, todas as grandes religiões são uma só. São etapas sucessivas e complementares da educação espiritual da humanidade. São capítulos diferentes do mesmo Livro de Deus.

— Puxa! Gostei muito dessa ideia de as várias religiões serem como diferentes capítulos de um mesmo Livro de Deus! Os capítulos de um livro são todos diferentes, não é mesmo? Mas todos contam uma parte da mesma história — interveio Francisco, feliz por conseguir participar.

— Isso mesmo — assentiu Artur Daniel. — O desafio dos líderes religiosos da humanidade é abandonar as atitudes intransigentes e conciliar suas diferenças teológicas num grande espírito de perdão e caridade mútuo, que lhes permita trabalhar conjuntamente em prol da compreensão humana e da paz.

— E os líderes políticos, como eles podem contribuir para a paz mundial? — perguntou Juliana.

— Os líderes do mundo precisam dispor-se a convocar uma grande conferência internacional na qual todos eles, livres de imposições ideológicas, considerem com seriedade as medidas efetivas para o estabelecimento da paz. De tal assembleia deveriam surgir os primeiros passos para a criação de um governo federativo mundial — uma estrutura social digna dos avanços alcançados pela humanidade.

— A violência e a guerra podem ser evitadas? — continuou Juliana, lendo a próxima pergunta.

– Sim, podem! Apesar de muitas pessoas pensarem o contrário. Alguns dos mais destacados pensadores, filósofos e cientistas, além de todos os profetas de todas as religiões mundiais, afirmaram e afirmam, categoricamente, que a violência e a guerra podem ser eliminadas e a paz definitiva entre os povos pode ser alcançada.

– Existe algum documento sobre a paz que fale sobre isso? – indagou João Augusto.

– Uma das mais significativas manifestações nesse sentido é a *Declaração de Sevilha*, adotada pela Unesco em 1989. Ela constitui, desde sua formulação, um dos fundamentos para a cultura de paz. Representa a tomada de posição de um eminente grupo de cientistas, de renome mundial, a favor da ideia de que a guerra se funda em fatores culturais, e não em fatores biológicos. Todos eles concordaram que no âmbito da Biologia não se conhece nenhum fato que impeça a abolição da guerra.

A guerra não é parte da natureza humana, mas invenção que pode ser colocada de lado como obsoleta e inútil. Ela é um sintoma da fase de imaturidade da humanidade, que agora está sendo superada. Assim como uma criança deixa de fazer xixi nas calças quando cresce, a humanidade deixará de fazer a guerra ou usar a violência para resolver seus conflitos. Havia um tempo em que a escravidão era normal: comprar e vender pessoas apenas porque tinham outra cor de pele. Isso foi universalmente abolido durante o século XIX. Assim também a violência e a guerra serão universalmente superadas, com toda a certeza.

Artur Daniel abriu novamente sua pasta e retirou o documento, que estava finamente encadernado.

> A íntegra da declaração pode ser lida, em português, no *site*: <http://www.comitepaz.org.br/sevilha.htm>.

Maria Clara, que era toda caprichosa, ficou logo interessada e pediu:

– Depois você me deixa folhear esse livro?

O homem sorriu e respondeu:

– Eu lhe empresto para que me devolva na próxima semana.

A menina, que não gostava de emprestar seus pertences, ficou meio indecisa quanto a aceitar o empréstimo por tão longo tempo. Por fim, agradeceu.

Artur Daniel então continuou:

– Ouçam o que disseram os cientistas. *A Declaração de Sevilha* diz, em resumo:

"É CIENTIFICAMENTE INCORRETO dizer que a guerra ou qualquer outro comportamento violento é geneticamente programado na natureza humana. [...]

É CIENTIFICAMENTE INCORRETO dizer que no curso da evolução humana houve uma seleção de comportamentos agressivos mais do que de outros tipos de comportamento. [...] A violência não está em nosso legado evolutivo, nem em nossos genes. [...]

É CIENTIFICAMENTE INCORRETO dizer que os humanos têm um cérebro violento. [...] A forma como agimos é determinada pelo modo como fomos condicionados e socializados. Não há nada em nossa neurofisiologia que nos obrigue a reagir violentamente. [...]

Como se constrói a paz?

É CIENTIFICAMENTE INCORRETO dizer que a guerra é causada por instintos ou por qualquer motivação isolada. [...]

Concluímos que a biologia não condena a humanidade à guerra e que a humanidade pode ser libertada da opressão do pessimismo biológico e empoderada com confiança para realizar as transformações necessárias [...]. A mesma espécie que inventou a guerra é capaz de inventar a paz. A responsabilidade é de cada um de nós.

Sevilha [Espanha], 16 de maio de 1986."

Assinam 19 cientistas de 12 nações, representando as seguintes ciências: Psicologia, Etologia, Neurofisiologia, Antropologia Biológica, Genética do Comportamento, Psicologia Social, Sociologia, Comportamento Animal, Antropologia Física, Psiquiatria, Psicobiologia, Bioquímica e Psicologia Política.

Artur Daniel então parou de ler e, com um misto de afeto e firmeza no olhar, declarou:

— Para construir a paz, é preciso ter certeza absoluta a respeito disto: os seres humanos não são incorrigivelmente egoístas e agressivos. Por meio da educação e dos instrumentos sociais e culturais adequados, é possível eliminar a violência e a guerra da face da terra!

Nesse momento, Beatriz exprimiu-se de modo muito bonito:

— Sempre pensei que os cientistas não cuidavam desses assuntos e que apenas os artistas e poetas é que acreditavam na paz! Minha mãe, que é artista e trabalha com artesanato, sempre me diz que cada rede que ela tece se parece com a grande harmonia que um dia haverá entre os povos. Um nó de afeto aqui e ali e mais outro acolá, e assim ela faz redes maravilhosas.

Capítulo III

— Sua mãe — replicou Artur Daniel — é artista e poetisa também, pelo modo lindo como lhe falou sobre tecer redes. Gostaria muito de conhecê-la e também de adquirir, como recordação, uma peça que ela tenha produzido.

— Bem (Beatriz estava encabulada), se me deixarem, trago-a em nosso próximo encontro para que vocês vejam as peças.

— Mas é claro que deixamos! — consentiu com entusiasmo Joaquim. — Peça a ela que faça uma pequena exposição para apresentarmos à comunidade.

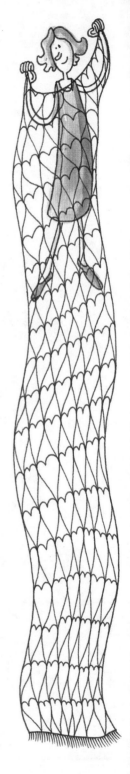

Capítulo IV

Dois grandes estudiosos tecem possibilidades de paz

No encontro seguinte, a sala estava muito bonita. Beatriz e sua mãe chegaram mais cedo para organizar a pequena exposição. Todos puderam comprar algumas lembrancinhas, e Joaquim avisou a mulher de que ela poderia utilizar a sala por mais um dia, pois a diretora havia autorizado a venda dos produtos para a comunidade. Beatriz e sua mãe ficaram contentes. Não estavam fáceis as vendas naqueles dias...

Artur Daniel guardou suas peças, já pensando onde as colocaria. Em sua casa havia peças de vários lugares do mundo, as quais mantinha como recordação dos mais diferentes povos. Gostava de ficar olhando para elas e imaginando os artistas, as diferentes mãos compondo aquelas obras de arte em locais distantes do planeta. Parecia que cada artista lhe sorria por meio de suas peças.

– Meus amigos, vamos continuar nossa conversa? Juliana, qual seria a pergunta do grupo?

Juliana desdobrou seu papel e leu:

— Você falou, em nosso último encontro, sobre o que os cientistas declararam em Sevilha. Algum cientista famoso também tratou da questão da paz?

— Sim, vários. Por exemplo, o renomado paleoantropólogo Richard Leakey, autor das conhecidas obras *Origens* e *A evolução da humanidade*, argumenta:

> *"Não carregamos conosco o fardo de um passado mais primitivo e selvagem: os homens não são macacos assassinos, como foi sugerido. [...] Aqueles que acreditam que o homem é inatamente agressivo estão fornecendo uma desculpa conveniente para a violência e para a guerra organizada."*

A mais conhecida foto de Einstein

Mas quero salientar dois nomes mundialmente famosos: Einstein e Freud. Bem antes de surgir a *Declaração de Sevilha*, Sigmund Freud — o pai da Psicanálise — e Albert Einstein — o gênio da Física que revolucionou a forma pela qual entendemos o universo e o tempo — trocaram, em 1932, uma correspondência pública na qual expunham suas ideias e crenças sobre o fim da guerra. Ambos concordavam que a paz mundial é necessária e possível. De forma geral, aliás, poderíamos dizer que a carta de Einstein reflete a ideia de que "a paz é necessária", enquanto a carta de Freud diz que "a paz é possível".

— Você pode começar explicando sobre a carta de Einstein? — perguntou João Augusto com muito interesse, pois estava fazendo um arquivo pessoal só de biografias.

Capítulo IV

– Na sua carta a Freud, Einstein trata mais dos mecanismos políticos e administrativos pelos quais a paz pode ser alcançada entre as nações. Ele escreve:

"Sendo eu mesmo uma pessoa livre do preconceito nacional, vejo um caminho simples para lidar com o aspecto aparente – ou seja, organizacional – do problema: o estabelecimento, pelos estados nacionais, de uma autoridade legislativa e judiciária que resolvesse todos os conflitos entre eles. Todas as nações comprometer-se-iam a aquiescer às decisões emitidas por este corpo legislativo, a solicitar sua decisão em todas as disputas, a aceitar seu juízo sem reservas e a pôr em prática quaisquer medidas julgadas necessárias para implementar seu veredicto." [4]

– Que coisa! – espantou-se João Augusto. – Isso quer dizer que haveria uma autoridade maior, acima dos países?!

[4]EINSTEIN, 2006, §E3.

– Exatamente – ratificou Artur Daniel. – Assim como muitos pensadores, Einstein considerava que somente pela criação de um governo mundial, de um estado federativo mundial, com as nações como Estados membros, seria possível estabelecer a paz mundial. As nações manteriam sua independência, mas já não teriam o direito de fazer a guerra. Se alguma delas tentasse criar um conflito bélico, todos os outros Estados federados – o governo mundial – a impediriam.

Arthur Henrique, que, em casa, ainda brincava com bonecos, criando e recriando as mais variadas situações, pensou que poderia organizá-los na montagem de um governo mundial. Mas como seria esse governo? E foi essa a pergunta que ele fez.

– Seria como funciona hoje em dia nos países que são Estados federativos, como o Brasil. Os vários Estados brasileiros, como São Paulo, Acre, Rio Grande do Sul e Pernambuco, são independentes, mas acima deles existe um governo federal, que impede a luta entre os Estados. Antes da criação dos Estados federativos, muitas nações viviam em guerra interna, de um Estado contra outro. Só que, para alcançar a paz mundial, esse esquema precisa ser levado para o nível planetário.

– E o que mais Einstein pensava sobre os caminhos para a paz? – quis saber João Augusto, já anotando informações em seu caderno para depois pesquisar. Esta era sua forma de divertir-se: pesquisar, montar pastas repletas de conhecimentos. Em sua imaginação, sentia-se alguém vindo diretamente da Biblioteca de Alexandria.

– Einstein também pensava que era fundamental educar as pessoas para serem *cidadãs do mundo*, e não apenas cidadãs de seu próprio país. Somente assim seriam capazes de superar os preconceitos que estão na raiz dos conflitos e das guerras. Apesar disso, ele reconheceu que *"o poder da consciência e do espírito internacionais ainda é tímido demais"*.[5] A um amigo pacifista, escreveu sobre a importância da *"educação da juventude no espírito de reconciliação, na afirmação das forças da vida e no respeito de todas as formas vivas"*.[6]

[5]EINSTEIN, 1981, p. 67.

[6]EINSTEIN, 1981, p. 68.

Capítulo IV

Ele acreditava que a paz viria somente por meio de um movimento de consciência moral que se originasse do povo. O povo não poderia esperar pelas autoridades para alcançar a paz, e sim exigir delas a paz, como os jovens americanos fizeram para acabar com a Guerra do Vietnã. Esse movimento do povo, Einstein estimava ainda, devia ser dirigido concretamente contra o serviço militar obrigatório e contra o armamentismo. Certa vez, escreveu:

"Continuo inabalável neste ponto: a solução está no povo, somente no povo.
Se os povos quiserem escapar da escravidão abjeta do serviço militar, têm de se pronunciar categoricamente pelo desarmamento geral. Enquanto existirem exércitos, cada conflito delicado se arrisca a levar à guerra.
Um pacifismo que só ataque as políticas de armas dos Estados é impotente e permanece impotente." [7]

[7]EINSTEIN, 1981, p. 70-71.

João, que anotava tudo atentamente, considerou:
– Nunca imaginei que um cientista como Einstein se preocupasse tanto com a paz.
– Einstein – prosseguiu Artur Daniel – dedicou praticamente toda a sua vida à luta pela paz. Ele é um dos maiores pacifistas de todos os tempos, embora seja mais conhecido por sua genialidade na Física. O cientista acreditava que, acima de tudo, a paz dependia da mobilização dos valores humanos universais no coração e na mente dos homens: *"o destino da humanidade repousa essencialmente e mais do que nunca sobre as forças morais do homem"*, ele escreveu.[8]

[8]EINSTEIN, 1981, p. 64.

— E Freud, quem foi? Foi um cientista também? — Pedrinho perguntou.

— É claro que não. Sigmund Freud foi... Ih! Só lembro o nome, mas não sei direito o que ele fez. — Maria Clara estava toda atrapalhada.

Artur Daniel mais uma vez sorriu para os confusos meninos e esclareceu:

— Sigmund Freud foi também um gênio e um cientista, só que em outras áreas do conhecimento, a Psiquiatria e a Psicologia. Devemos a ele as raízes do entendimento moderno sobre o homem e sua mente.

— E como ele pensava que a guerra podia ser eliminada? — João já decidira incluir Freud em seus arquivos biográficos. "Hum", refletia, "vou colocar todos os nomes pesquisados em ordem alfabética."

— Freud aplicou bastante de seu pensamento e de sua teoria para encontrar respostas sobre as forças inconscientes do ser humano. Por isso, na sua carta a ele, Einstein perguntava-lhe: *"será possível orientar o desenvolvimento psíquico do homem de modo a fazê-lo superar a psicose do ódio e da destruição?"*,[9] e pedia-lhe que apontasse *"os caminhos educacionais"*[10] para a paz.

Freud demonstra concordar com Einstein quando diz:

Freud por volta de 1932

[9] EINSTEIN, 2006, §E3.

[10] EINSTEIN, 2006, §E2.

> *"Só existe realmente uma forma segura de se eliminar a guerra, e esta é o estabelecimento voluntário de um poder central que tenha a palavra final em todos os conflitos de interesse. Para que assim seja, duas coisas são necessárias: primeiro, que tal corte suprema*

Capítulo IV

seja estabelecida e, segundo, que disponha de adequado poder executivo. A menos que o segundo requisito seja atendido, de nada vale o primeiro." [11]

[11]FREUD, 2006, §F8.

Freud e Einstein não eram ingênuos para chegar a pensar que a paz poderia ser alcançada sem a existência de uma força mundial superior à força individual das nações. Por isso Freud diz que a paz advirá com *"a supressão da força pela transferência de poder para uma unidade maior, fundada na comunhão de sentimentos de seus membros"*.[12]

[12]FREUD, 2006, §F6.

– Até aí Freud disse basicamente o mesmo que Einstein... O que mais ele escreveu? – perguntou Arthur Henrique.

– Para explicar a forma pela qual se pode educar os seres humanos para superarem "a psicose de ódio e destruição", Freud expõe a Einstein alguns princípios básicos de sua teoria psicanalítica. Ele afirma que *"existem dois tipos de pulsão nos seres humanos: uma que preserva e une [...] e outra que busca a destruição e a morte"*.[13] E, para mostrar que isso não é tão complicado assim, diz a Einstein que elas são *"simplesmente as transfigurações teóricas dos bem conhecidos opostos: amor e ódio"*.[14]

Uma pulsão é como uma inclinação natural do ser humano para algumas coisas, a qual mobiliza tanto o corpo quanto o espírito. Algo que surge como uma força, um impulso, uma vontade forte, um desejo profundo.

[13]FREUD, 2006, §F9.

[14]FREUD, 2006, §F9.

– Amor e ódio, guerra e paz. Será que um dia esses opostos se traduzirão em harmonia? – perguntou o filósofo Joaquim.

– Sim – tornou Artur Daniel –, Freud assegura que a maioria das ações humanas não emanam do estímulo de uma única pulsão, mas são, em geral, uma "liga", uma combinação, de amor e destrutividade.[15] Ele ressalta que, *"quando os homens são chamados à guerra,*

[15]FREUD, 2006, §F10.

[16] FREUD, 2006, §F10.

uma vasta gama de motivos humanos é neles mobilizada por este apelo – alguns nobres, outros comuns; alguns sobre os quais se fala abertamente, outros sobre os quais se silencia".[16]

Freud mostra que, caracteristicamente, o chamado para a guerra não se apoia apenas em mensagens de destruição, do tipo "vamos matar o inimigo!", mas é mesclado com outras que evocam o amor, como "vamos defender nossa amada pátria!", ou a coragem, como "nossa bravura nos fará vitoriosos!", ou a defesa de altos ideais, como "lutaremos pela justiça e pela liberdade até o último homem!" Nessa confusão de sentimentos é que a guerra é promovida pelos líderes, e é por causa dessa confusão que o povo dá sua vida e tira a dos outros, enquanto os líderes apenas desfrutam do bom e do melhor.

– Ah!... É por isso então que, nos gritos de guerra, os comandantes sempre dizem coisas como "vamos matar aqueles porcos!", "vamos acabar com aqueles vermes!", e nunca frases como "vamos matar aqueles jovens estudantes!" ou "vamos acabar com aqueles pais de família!" – observou Juliana.

– Para incitarmos as pessoas ao ódio e à matança, a primeira coisa a fazer é transformar os outros seres humanos em algo *sub-humano, sem coração, sem família, sem amigos*... Senão não funciona! – emendou Joaquim.

– Exatamente – concordou Artur Daniel. – Para evitar que os apelos para o ódio e para a destruição tenham a capacidade de mobilizar as massas humanas para a guerra, Freud afirma haver apenas um caminho: *criar laços de afeto entre as pessoas*, especialmente entre pessoas de grupos sociais ou nações diferentes, pois o ser humano não mata aquele de quem aprendeu a gostar. Vejam esta peça que a mãe de Beatriz fez, laços que formam uma toalha. Entrelaçamentos... Freud diz que a esperança e a certeza de que isso é possível estão na própria natureza humana, pois, se há o ódio, há também o amor. Ele escreveu a Einstein:

> *"Se a propensão para a guerra emana da pulsão de destruição, temos bem perto seu oponente, Eros, para nos ajudar. Tudo o que produz laços de afeto entre os homens nos serve como antídoto da guerra."*[17]

Eros: amor, em grego. Freud frequentemente empregava este termo para referir-se ao amor em seu sentido mais amplo.

[17]FREUD, 2006, §F14.

— E Freud achava que o amor consegue eliminar totalmente essa pulsão de ódio? – indagou Juliana.

— Freud dizia que, no seu entender, *"não parece haver nenhuma possibilidade de suprimirmos as tendências agressivas dos homens"*.[18] No entanto, ele concorda com Einstein em que *"a total supressão das tendências agressivas humanas não é o que está em questão, mas, sim, como redirecioná-las a outras manifestações que não a guerra"*.[19]

[18]FREUD, 2006, §F13.

[19]FREUD, 2006, §F13.

— Pensemos... Será que a agressividade poderia ser direcionada para *a garra*, quer dizer, para a força de vontade? – perguntou-lhes Joaquim.

— Nossa professora sempre nos diz que devemos ter garra para vencer na vida. Estudar com afinco e determinação – lembrou Pedrinho.

— Isso mesmo! Força de vontade para o bem é um jeito de direcionar a pulsão negativa – enfatizou Artur Daniel.

— Portanto – ele prosseguiu –, se a guerra é o veneno do qual devemos nos salvar, o remédio que

Como se constrói a paz?

[20]FREUD, 2006, §F14.

pode servir de antídoto é _"tudo o que produz laços de afeto entre os homens"_. Freud esclarece ainda que _"o psicólogo não precisa se sentir envergonhado de aqui falar de amor, na mesma linguagem empregada pela religião: ama teu próximo como a ti mesmo"_.[20] O grande antídoto da guerra, portanto, é e sempre foi o amor. Mas não o amor restrito a um grupo, raça, religião ou nação. Esse amor restrito é justamente o que PROVOCA a guerra. O amor que elimina a guerra é o AMOR UNIVERSAL, aquele dirigido, como queria Einstein, a _"todas as formas vivas"_.[21]

[21]EINSTEIN, 1981, p. 68.

– Mas é possível amar todo o mundo, mesmo quem a gente não conhece? – perguntou Cecília.

– Bem, é outro tipo de amor. Não é como o amor que nos liga às pessoas que estão ao nosso redor e com quem temos laços de afeto profundos. Mas também é um laço emocional que impede a guerra. Freud explicou isso a Einstein. Olhem só o que ele diz:

[22]FREUD, 2006, §F14.

> _"O outro tipo de laço emocional é aquele por meio da identificação. Tudo o que põe em evidência as significativas semelhanças entre os homens mobiliza este sentimento de comunidade, a identificação. Nele está fundado, em grande medida, todo o edifício da sociedade humana."_ [22]

Por isso não é preciso criar laços de amor com todo o mundo para impedir a guerra. Basta criar _laços de identificação_. Por exemplo, não conhecemos todo o mundo no Brasil, certo? Mas jamais justificaríamos a guerra contra alguns de seus habitantes. Por quê? Porque nos identificamos com todos por meio de um

Capítulo IV

sentimento de cidadania nacional, que é um laço de identificação. Sentimos que pertencemos a uma mesma pátria.

Para que essa experiência se amplie em favor de toda a humanidade, basta nutrirmos um sentimento de cidadania mundial, reconhecendo que todos os seres humanos são membros de uma mesma família e habitam um mesmo planeta em certo cantinho do universo. Dessa forma nenhum homem justificaria a morte de outro ser humano numa guerra.

– As guerras sempre existiram, não é verdade? Será que, então, não vão sempre continuar existindo? – Havia um quê de preocupação na voz de Cecília.

– É verdade. Tudo indica que sempre houve guerras. Durante o período histórico, que é o que começa mais ou menos 6 mil anos atrás (quando se inventou a escrita e os fatos históricos começaram a ser registrados), sempre houve guerras entre impérios, religiões e civilizações. Mesmo na pré-história, que remonta a mais de cem mil anos atrás, há registros de violência organizada entre os seres humanos.

Mas isso não significa que a guerra sempre continuará existindo! Como disse o grande filósofo espanhol Ortega y Gasset, *"a guerra não é um instinto, mas uma invenção"*. E vimos anteriormente a afirmação categórica da *Declaração de Sevilha* de que a guerra não faz parte da natureza humana e *"a mesma espécie que inventou a guerra é capaz de inventar a paz"*.

Como já conversamos, é fundamental entender que a humanidade como um todo evolui, da mesma forma que uma pessoa. Coisas que caracterizam o comportamento de uma pessoa na infância, como engatinhar, não saber falar, não saber ler, fazer xixi e

José Ortega y Gasset (1883-1955), filósofo liberal que desenvolveu suas reflexões durante a primeira metade do século XX, período em que a Espanha oscilava entre a monarquia, a república e a ditadura.

45

> Estado de direito é o estado nacional onde todos estão sob o império das leis, especialmente da Constituição, a lei suprema de uma nação.

cocô nas calças, serão deixadas para trás quando ela crescer. De igual modo, coisas que caracterizavam a humanidade em sua "infância" e "adolescência" coletiva vão sendo deixadas para trás com sua evolução.

– Isso é bem verdade! – entusiasmou-se João Augusto. – Tivemos aqui a professora Ana, que era doutora em História e nos ensinou muito sobre o percurso e o desenvolvimento da humanidade. Vimos que a escravidão, a monarquia absoluta, a ausência do Estado de direito, o predomínio do pensamento mágico sobre o pensamento científico, a falta de conforto, de saúde pública, de educação, de tecnologia representavam a infância da humanidade.

– Ah! Tenho saudades dela – confessou Maria Clara.

– Guardo até hoje o trabalho que fizemos... – completou Pedrinho de modo saudoso.

Joaquim explicou:

– A professora Ana foi uma de nossas convidadas no Espaço Paideia.

– Bem, espero deixar esse sentimento bom em vocês como ela deixou.

– Pode apostar que sim! – disse empolgado Arthur Henrique, que já se identificava bastante com Artur Daniel.

O convidado sorriu para ele e continuou:

– Freud, na carta a Einstein, comenta a questão do desenvolvimento da humanidade e como ele pode nos livrar da guerra:

"O desenvolvimento cultural da humanidade (alguns, bem sei, preferem chamá-lo de civilização) tem estado em progresso desde a

Antiguidade imemorial. A este processo devemos tudo o que há de melhor em nós, mas também uma boa medida daquilo que nos faz sofrer. [...] As mudanças psíquicas que acompanham este processo são notáveis e inequívocas. Elas consistem na rejeição progressiva das metas pulsionais e em um decréscimo nas reações pulsionais." [23]

[23]FREUD, 2006, §F17.

– Lembro que você disse que as pulsões são como forças, como impulsos naturais, que nos levam a agir de determinadas formas. Então o que Freud está dizendo é que, com o desenvolvimento cultural, a tendência para a violência vai diminuindo? – perguntou o filósofo, também muito interessado na conversa de Artur Daniel.

– Exatamente. E é por isso que a guerra pode ser e vai ser eliminada. Chegará o dia em que os seres humanos simplesmente não a vão tolerar mais! É Freud novamente quem explica isso melhor:

"Sensações que deleitavam nossos antepassados tornaram-se neutras ou intoleráveis para nós [...]. No que tange ao aspecto psicológico da cultura, dois dos fenômenos mais importantes são, primeiro, um fortalecimento do intelecto, que tende a comandar nossa vida pulsional, e, em segundo lugar, uma introversão da tendência agressiva [...]. A guerra vai enfaticamente contra o ajustamento psíquico imposto a nós pelo processo cultural." [24]

[24]FREUD, 2006, §F17.

– E quando isso vai acontecer? – quis saber Pedrinho.

[25]FREUD, 2006, §F18.

[26]BOBBIO, 2003, p. 75.

Claro que existiam outras filosofias da história, como as religiosas (cristã, judaica, etc.) ou as idealistas (Hegel, Fichte), mas devemos lembrar que tanto Einstein quanto Freud (este mais que aquele) eram profundamente influenciados, em suas formações (*Bildungen*), não por concepções religiosas ou românticas, mas pelo pensamento racionalista, laico e "científico", que tinha no Iluminismo, no positivismo e no marxismo seus expoentes máximos. Peter Gay fala de como Freud se identificava com as "aspirações positivistas" dos que tinham sido seus mestres e como "se empenhava em concretizar" suas "esperanças e fantasias", razão pela qual "nunca abandonou sua ambição de fundar uma psicologia científica" (GAY, 2004, p. 88). CLARK (1972, p. 34) salienta como Einstein, com apenas 13 anos de idade, apreciava Kant e como "Kant passou a ser o filósofo preferido de Albert [Einstein]" (a tradução é nossa).

– Infelizmente não sabemos... Mas tudo indica que não vai levar tanto tempo assim. Ou seja, não vai ser uma questão de séculos ou milênios. A paz mundial está muito mais próxima do que a maioria das pessoas imagina. Apenas os grandes estudiosos desse fenômeno é que têm visão suficiente para nos garantir isso. Portanto, devemos acreditar neles e buscar, de todas as maneiras, ajudar na construção da paz. Já que falamos tanto de Freud, vejam como ele fala a Einstein sobre esse assunto:

"Quanto tempo levará para que toda a humanidade se torne pacifista? Impossível prever, mas não são quiméricas nossas esperanças de que estes dois fatores – o ajustamento cultural e um bem fundado temor quanto à forma de futuras guerras – possam acabar com a guerra num futuro não muito distante." [25]

– Só não entendi o que quer dizer quiméricas – comentou Pedrinho.

– *Quimérica* quer dizer ilusória, infundada, falsa... Freud diz que não são *falsas* nossas esperanças de que a guerra seja eliminada num futuro não muito distante.

– Existem também tipos de pacifismo? – Pedrinho já estava achando essas questões de guerra mais complexas do que havia imaginado.

– Norberto Bobbio, o filósofo que está nos guiando nesta investigação sobre a paz, ressalta haver basicamente dois tipos de pacifismo: o pacifismo passivo e o pacifismo ativo. Segundo ele, o pacifismo passivo é *"fundado sobre uma teoria científica ou presumida como tal"*.[26] Três dessas teorias

Capítulo IV

foram influentes filosofias da história que dominaram o século XIX: a iluminista, a positivista e a marxista.[27]

Eram muito diferentes entre si, mas todas achavam que a paz mundial era inevitável. Com base nessas teorias de uma paz inevitável, o pacifismo passivo se constrói como um observador do mundo. Basta esperar, que a paz virá...

O pacifismo ativo, por outro lado, *"pressupõe uma ética"*.[28] Ele não se contenta em entender e explicar as vias da paz, mas *"é uma tomada de posição que engaja pessoalmente, como toda tomada de posição moral, aquele que o assume"*.[29] Seu procedimento intelectual fundamental é *"mostrar que as coisas deviam (ou não deviam) se passar como se passam"*.[30] O pacifismo ativo pressupõe a crítica das justificações da guerra: *"deve propor-se demonstrar não só que a guerra não é necessária, mas também que não é boa"*.[31] Einstein, muito mais do que Freud, agia de acordo com os referenciais do pacifismo ativo. Ele era não apenas um pacifista, mas um *"pacifista consagrado"*,[32] que sentia a necessidade premente de fazer algo para a construção da paz.

Bobbio também classifica o pacifismo ativo em três formas distintas:[33]

1. Pacifismo ativo instrumental: busca a paz atuando sobre os meios.

2. Pacifismo ativo institucional: busca a paz atuando sobre as instituições.

3. Pacifismo ativo ético-finalista: busca a paz atuando sobre os homens.

[27] BOBBIO, 2003, p. 161.

Segundo Bobbio, o Iluminismo, o positivismo e o marxismo concordavam em "considerar a paz o resultado inevitável do processo histórico e considerar esse processo uma forma de progresso, porque nele está inscrita como resultado necessário a transição para uma sociedade na qual reinará, embora por questões diversas, a paz perpétua" (BOBBIO, 2003, p. 162-163).

Como esclarece Bobbio, o procedimento intelectual típico que caracteriza o pacifismo passivo é "a explicação e a interpretação dos fatos", buscando, acima de tudo, "entender e fazer entender como se passam as coisas". Por isso, "esgotou sua tarefa quando conseguiu demonstrar que a guerra não era mais necessária" (BOBBIO, 2003, p. 75).

[28,29,30,31] BOBBIO, 2003, p. 75.

[32] EINSTEIN, 2005, p. 161. (A tradução é nossa; a ênfase é do autor.)

[33] EINSTEIN, 2005, p. 93-115.

Armamentos.

Como se constrói a paz?

> Essas três formas de pacifismo, ou de vias para a paz, na feliz expressão de Umberto Eco, não se excluem mutuamente, é claro. Ao contrário, o pacifismo institucional até mesmo exige o pacifismo instrumental, ou a política do desarmamento; e encoraja, e até exige, o pacifismo ético (BOBBIO, 2003, p. 22).

[34,35]BOBBIO, 2003, p. 108.

> A possibilidade e facilidade de atuação.

> O poder para obter os resultados esperados.

[36]BOBBIO, 2003, p. 112.

[37]BOBBIO, 2003, p. 21.

Segundo Bobbio, esses três tipos dispõem-se numa ordem crescente de complexidade e de profundidade. O primeiro detém-se no plano mais superficial das técnicas (construir a paz eliminando as armas que causam a guerra); o segundo passa do plano das técnicas para o plano intermediário da organização social (construir a paz eliminando/reformando as instituições que causam a guerra); o terceiro desce até as profundidades da alma do homem (construir a paz eliminando/reformando no homem os impulsos que causam a guerra).[34]

– Qual desses pacifismos é o mais eficaz? – perguntou Juliana, que sempre ajudava instituições assistenciais e se questionava sobre como contribuir ainda mais.

– Como todas essas três formas de pacifismo são *"meios que servem todos para o alcance de um mesmo fim"*,[35] Bobbio argumenta que o problema é o da escolha racional, já que nenhum é necessariamente melhor do que os outros. Com base nesse entendimento, propõe dois critérios de julgamento e de escolha que levam em consideração: a) a maior ou menor exequibilidade e b) a maior ou menor eficácia de cada uma dessas *"possíveis vias da paz"*[36] entre as nações. Segundo esse critério, descobre-se o paradoxo de que o primeiro meio é o mais exequível e o menos eficaz; o terceiro seria o mais eficaz se fosse exequível num prazo não muito longo, não tão longo que não conseguisse evitar a morte universal; o segundo é menos exequível que o primeiro, mas, ao mesmo tempo, menos eficaz que o terceiro.[37] A constatação desse paradoxo leva à conclusão de que *"na situação presente da humanidade nenhuma das vias até agora cogitadas é, ao grau máximo, ao mesmo tempo exequível e eficaz".*[38]

[38]BOBBIO, 2003, p. 112.

João Augusto fez um quadro em seu caderno que assim ficou:

FORMAS DE PACIFISMO ATIVO (SEGUNDO BOBBIO)	Exequibilidade	Eficácia
1. Pacifismo instrumental (age sobre os meios)	++	- -
2. Pacifismo institucional (age sobre as instituições)	+-	+ -
3. Pacifismo ético e finalista (age sobre os homens)	- -	++

– Existe alguma proposta concreta para a paz mundial? – perguntou, por fim, Juliana.

– Várias pessoas e várias instituições têm apresentado propostas para a paz mundial. Geralmente essas propostas ficam restritas a uma das facetas do pacifismo ativo ou enfatizam alguma em particular. É mais comum que os pacifistas se especializem, por assim dizer, numa ou noutra corrente de pacifismo.

Norberto Bobbio, em sua ampla análise sobre as vias da paz, chegou à conclusão de que a *"única proposta realista"* para a paz entre as nações é *"aquela que visa à invenção de novas instituições e de novos instrumentos de ação que permitam, sem necessidade de recorrer à violência individual ou coletiva, resolver conflitos sociais cuja solução foi tradicionalmente confiada à ação violenta".*[39]

[39]BOBBIO, 2003, p. 22.

Sessenta anos depois de Einstein e Freud terem defendido a ideia de um supragoverno mundial, um pensador contemporâneo, por meio de uma pesquisa voltada especificamente para isso, chega à mesma conclusão. E Bobbio tem a vantagem de dispor de uma visão perspectiva do século XX, enquanto Einstein e Freud, em 1932, ainda não sabiam nem da 2ª Grande Guerra. Bobbio põe, em sua análise, toda a capacidade de percepção e avaliação de um filósofo do Direito e das Ciências Políticas, bem como de historiador do pensamento político, enquanto Einstein e Freud eram leigos no assunto...

— Hum... Esse Bobbio é muuuito importante! Acho que vou colocá-lo na minha pasta de biografias. Puxa, nunca tinha ouvido falar nele — refletiu em voz alta João Augusto.

— Como é bom abrirmos espaço para aprender o que nos é novo, avançado... — destacou Joaquim.

— É mesmo! — concordou a turma.

— Vamos finalizar o encontro de hoje? — convidou o filósofo.

— Ahhh! — queixaram-se os meninos e meninas.

— Por acaso alguém teria uma pergunta para nosso próximo encontro? — indagou Artur Daniel, procurando estabelecer assim maior conexão entre eles.

— Eu gosto muito das artes. Existe alguma expressão artística que tenha sido especialmente influente no movimento pacifista? — perguntou Beatriz.

— Adorei sua questão — respondeu Artur Daniel. — Na próxima semana falaremos disso.

Capítulo V

As artes e a paz

Artur Daniel chegou antes. Veio com gravuras, CDs...

Quando o grupo entrou na sala, surpreendeu-se com ele ouvindo música num fone de ouvido. Depois dos cumprimentos iniciais, o homem assim falou:

– As artes são um poderoso instrumento contra a guerra, pois mobilizam tanto o pensamento quanto as emoções. Muitos artistas, ao longo dos séculos, se dedicaram a retratar o tema da guerra e da paz em suas obras. Mas foi durante o século XX, por causa da terrível violência e magnitude das guerras travadas naquele período, que os artistas mais se dedicaram a denunciar essa loucura. Com a mecanização crescente da guerra, os movimentos pacifistas nas artes e na sociedade em geral cresceram significativamente, sobretudo depois da 1ª Guerra Mundial. Os movimentos culturais mais avançados da Europa, como o dadaísmo, eram explicitamente pacifistas.

E, de todas as muitas obras de arte que se produziram contra a guerra no século XX, nenhuma é mais

Capítulo V

famosa do que *Guernica*, de Pablo Picasso. É uma obra muito grande, em preto e branco, óleo sobre tela, com 7,76 metros de comprimento por 3,49 metros de altura. Ela representa o bombardeio da cidade de Guernica, na Espanha, por 28 aviões militares alemães em 26 de abril de 1937, durante a Guerra Civil Espanhola. A Alemanha nazista apoiava as forças do general Franco, que acabaria por se tornar um ditador, comandando o governo espanhol até 1975.

Guernica foi mostrada pela primeira vez na Exposição Internacional de Paris de 1937. Depois disso, foi exposta em várias cidades europeias e norte-americanas. Entre 1953 e 1956, foi exposta no Brasil! Até 1981 o quadro ficou sob a tutela do Museu de Arte Moderna de Nova York (MoMA). Atualmente está no Museu Rainha Sofia, em Madri.

Desde 1968 o general Franco desejava o retorno de *Guernica* para a Espanha, mas Picasso disse que a pintura somente regressaria ao seu país quando a democracia fosse restaurada, o que ocorreu somente em 1978.

Enquanto morava em Paris, durante a ocupação nazista da cidade durante a 2ª Guerra Mundial, Picasso sofreu perseguição da Gestapo, a polícia política nazista. Afirma-se que, em certa ocasião, os nazistas entraram em seu apartamento e um oficial, ao ver uma foto da obra, perguntou: "Você fez isso?" E Picasso respondeu: "Vocês fizeram!"

Guernica evoca a tragédia da guerra e o sofrimento que ela causa, especialmente na população civil inocente. A pintura tornou-se um ícone do movimento pacifista, um símbolo contra a guerra e da luta pela paz.

55

— Eu gostaria de ver essa figura... – pediu Beatriz.

Artur Daniel então tirou de sua pasta e mostrou-lhes uma imagem do painel.

Guernica. Óleo sobre tela, 7,76 m x 3,49 m, Museu Rainha Sofia, Madri

Cecília logo exclamou:

— Puxa! Como é diferente! Eu imaginava algo com muito sangue e bem colorido...

— Pois é – replicou Artur Daniel. – Trata-se de obra muito especial e diferente mesmo. Primeiro, porque está no estilo cubista, no qual o artista busca expressar a realidade de forma fragmentada, mas, ao mesmo tempo, como se estivesse olhando tudo com uma lente de 360 graus. O preto e branco, em vez do colorido, evoca a natureza violenta da guerra, que tira o "colorido" da vida.

— Que ideia mais genial! – admirou-se Francisco, que estava calado havia bastante tempo. – Eu posso ver coisas bem tristes no quadro, como uma mãe com seu filhinho morto nos braços.

— Isso mesmo! – acrescentou Maria Clara. – E dá para ver uma cabeça e um braço cortados...

– É, e uma mulher correndo de medo – apontou Beatriz.

– E uma mulher gritando com os braços levantados – comentou Pedrinho.

– Tem até um boi e um cavalo sofrendo – notou Arthur Henrique.

– Sim, o quadro todo expressa dor e sofrimento... – observou Joaquim.

Artur Daniel prosseguiu, mostrando-lhes uma nova figura:

– Picasso também desenhou a mais famosa pomba da paz, em 1949. Ela foi elaborada para o cartaz de uma grande conferência de paz realizada em Paris pelo Movimento Mundial dos Partidários da Paz.

– E algum brasileiro também pintou a paz? – continuou perguntando Beatriz.

Antes de responder, Artur Daniel olhou o grupo e pensou em como eram interessados, a pergunta de um virava a pergunta de todos...

– Em todo o mundo, muitos artistas criaram obras sobre a paz. Precisaríamos de muitos encontros para falar só disso... Mas especialmente um eu gostaria de destacar: Candido Portinari, um grande artista brasileiro que gostava de retratar o povo de seu país, até mesmo brincadeiras de crianças. Mas deixem-me explicar melhor a respeito da pintura especial que Portinari fez: com o término da 2ª Guerra Mundial, foi fundada oficialmente, em 24 de outubro de 1945, a ONU – Organização das Nações Unidas. Nesse dia, foi promulgada a *Carta das Nações Unidas*, uma espécie de Constituição da entidade, assinada na época por 51 países, entre os quais o Brasil. Hoje os 192 países que fazem parte das Nações Unidas investem, em forma de empréstimos ou doações, cerca de 25 bilhões de dólares por ano em ações destinadas à proteção de refugiados de guerra, fornecimento e aumento de alimentos, superação de efeitos causados por catástrofes naturais, combate a doenças, ajuda em eleições para a democratização de países... A sede dessa organização fica em Nova York, nos Estados Unidos. Vários arquitetos do mundo ajudaram a planejar o edifício para que ficasse muito bonito e representasse mais a beleza do que a tristeza. Um deles foi o arquiteto brasileiro Oscar Niemeyer. Na entrada do edifício, combinaram fazer dois painéis. Um que representasse a guerra e outro a paz. Em um, os horrores da guerra e suas tristezas e, em outro, a paz e suas possibilidades: no trabalho, nas artes, na amizade, na dança, no canto... Pois bem, o convidado para fazer esses painéis foi Candido Portinari, por causa de seu talento e de seu sonho de paz. Os painéis, intitulados *Guerra e paz*, foram inaugurados em 1957, e cada um mede 14 metros de altura por 10 metros de largura. Ironicamente, porém, Portinari não pôde estar presente nessa inauguração, pois o país-sede da ONU não autorizou o visto de entrada do artista por causa de suas convicções políticas.

> Podem ser vistos *on-line* em: <http://www.un.org/Pubs/chronicle/2003/issue3/0303cont.htm>.

– Mas era um evento sobre a paz...

– São as contradições dos homens; isso é próprio de uma violência estrutural. Ou seja, a organização tinha esse objetivo, mas não os governantes do país naquela época. Até hoje, os painéis estão dispostos na entrada da sede da ONU. Aliás, ali também há uma cópia de *Guernica*, em tapeçaria.

– Gostaria de ver esses painéis – declarou Beatriz.

– Vocês podem entrar no *site* da ONU:

Capítulo V

<www.onu-brasil.org.br> para conhecer as atividades conjuntas dos países membros e, no endereço virtual <http://www.portinari.org.br/ppsite/ppacervo/g_paz_11.asp>, poderão apreciar a obra e toda a história da criação dos painéis de Portinari.

– E música? Há alguma que represente a paz? – Maria Clara, que aprendera piano desde muito jovem, foi quem fez a pergunta.

– Assim como acontece nas artes plásticas, podemos encontrar muitas músicas que defendem a paz. Mas, em minha opinião e na de muita gente, nenhuma representa isso de maneira mais majestosa e sublime do que a *Nona Sinfonia* de Beethoven, composta em 1824. Ela é magnífica! Foi a primeira sinfonia a empregar solistas e coral em um de seus movimentos, e é justamente a letra cantada nesse quarto movimento da sinfonia que a torna um hino da paz universal. Beethoven escolheu os versos de um poeta alemão, Friedrich Schiller, a *Ode à alegria*, composta em 1775. O poema diz, em parte:

> Há excelente *site* italiano dedicado somente a músicas em favor da paz: <http://www.prato.linux.it/~lmasetti/canzonicontrolaguerra/index.php?lang=en>.

"Alegria, formosa centelha divina,
Filha do Elísio,
Ébrios de fogo entramos
Em teu santuário celeste!
Tua magia volta a unir
O que o costume rigorosamente dividiu.
Todos os homens se tornam irmãos
Ali onde teu doce voo se detém. [...]
Abracem-se milhões!
Enviem este beijo para todo o mundo!
Irmãos, além do céu estrelado
Mora um Pai Amado."

> Elísio, na mitologia grega, refere-se ao Paraíso.

> Ou seja, milhões de pessoas.

Como se constrói a paz?

— Muito lindo! — alegrou-se Maria Clara. — Eu já tinha escutado a *Nona Sinfonia*, mas, como a letra é em alemão, não tinha entendido o que significava!

— E existem músicas modernas que também falem da paz? — perguntou Francisco. — É que tenho um gosto por guitarras e até faço aulas.

— Oba! Podemos ir lá algum dia em sua casa para ouvir você! — animou-se Pedrinho.

— Pois podem ir, sim — convidou Francisco.

— Respondendo à sua pergunta, Francisco — tornou Artur Daniel —, foi também no século XX que se deu uma explosão da música pacifista. Em termos de música popular, sem dúvida a mais famosa canção antiguerra é *Give peace a chance* ("Deem uma chance à paz"), composta pelo ex-Beatle John Lennon em 1969, durante a Guerra do Vietnã (entre 1959 e 1975). E cantou-a naquela famosa manifestação pacifista ocorrida no quarto 1.742 do Hotel Queen Elizabeth, em Montreal, no Canadá. John Lennon e sua esposa, Yoko Ono, eram recém-casados. Em 1º de junho de 1969, Lennon, que havia composto a canção naqueles dias, gravou-a no próprio quarto do hotel, com a presença de dezenas de jornalistas e celebridades. Ele tocou acompanhado por Tommy Smothers, da banda Smothers Brothers, ambos usando guitarras acústicas.

A canção logo se tornou um hino à paz e foi cantada por cerca de meio milhão de manifestantes por ocasião do grande protesto contra a Guerra do Vietnã realizado em Washington (capital dos Estados Unidos) em 15 de outubro de 1969. No seu famoso refrão, a canção diz: "*All we are saying is: give peace a chance*" ("Tudo o que estamos dizendo é: deem uma chance à paz").

Embora Lennon tenha inicialmente atribuído a composição a ele e Paul McCartney, mais tarde afirmou que a música havia sido composta em parceria sua com Yoko Ono.

A letra pode ser vista em <http://letras.terra.com.br/john-lennon/22587/>, e há um *link* para o *site* YouTube em que se pode ver John Lennon cantando. A tradução está em: <http://letras.terra.com.br/john-lennon/321667/>.

Ele também compôs a famosa *Imagine*, em 1971. Alguns de seus versos dizem:

Imagine all the people
("Imagine todas as pessoas")
Living life in peace
("Vivendo a vida em paz")
You may say I'm a dreamer
("Você pode dizer que sou um sonhador")
But I'm not the only one
("Mas não sou o único")
I hope some day you will join us
("Espero que um dia você se junte a nós")
And the world will live as one
("E o mundo viverá unido").

Pode-se escutar a música em: <http://www.cifras.com.br/cifra/john-lennon/imagine>. Há uma versão em português gravada por Fábio Júnior, não muito fiel ao original, que pode ser acessada em: <http://www.cifras.com.br/cifra/fabio-junior/imagine>.

– E na literatura? Quais as obras mais importantes? – perguntou João Augusto.

– A primeira que vem à mente – prosseguiu Artur Daniel – é a monumental obra do escritor russo Leon Tolstoi, *Guerra e paz*, publicada entre 1865 e 1869. – Dizendo isso, tirou um livro da sacola que trouxera e mostrou-o aos alunos.

– A história retrata a Rússia durante o período das Guerras Napoleônicas (entre 1803 e 1815), especialmente por ocasião da invasão da Rússia (1812). A riqueza e o realismo de seus detalhes, assim como suas numerosas descrições psicológicas, fazem que seja considerado um dos maiores livros da história da Literatura. O realismo da narrativa tira muito da glorificação da guerra e aponta para suas realidades e misérias. Tolstoi apresenta os eventos de 1812 como

uma cruzada moral, na qual os russos vencem o ataque dos exércitos napoleônicos por causa do apego deles, russos, a virtudes simples, boas e verdadeiras.

O escritor americano Stephen Crane publicou, em 1895, o livro *Sob a bandeira da coragem*, ambientado na Guerra Civil Americana. A obra apresenta a guerra como algo terrível e nada heroico. – E mais um livro foi posto sobre a mesa.

Todos ouviam atentamente Artur Daniel, que havia muito tempo pesquisava e divulgava registros sobre os terrores da guerra e as possibilidades de paz.

Juliana sugeriu ao grupo:

– Tenho uma ideia: cada um de nós pode comprar um desses livros e, à medida que vamos lendo, podemos trocá-los entre nós.

– A isso eu chamaria de "roda de livros" – comentou Joaquim. – Você teria mais sugestões para oferecer aos meninos?

– Sim: obras literárias e também alguns filmes que trouxe para mostrar-lhes. Também posso emprestá-los, não há problema algum. Gosto de pensar que alguns olhares percorrerão os mesmos livros que eu já li ou assistirão aos mesmos filmes.

Obras decididamente antiguerra surgiram também durante o século XX, muitas das quais escritas por ex-combatentes. O romance *Nada de novo no front*, publicado em 1929, do escritor alemão Erich Maria Remarque, é um exemplo disso. O livro relata, em linguagem simples e tocante, os horrores da guerra e a sofrida condição dos ex-combatentes ao regressarem para a vida civil. Esse livro, assim como sua sequência, *O caminho de volta*, foi banido e queimado pelos nazistas. Ele vendeu 2,5 milhões de

The red badge of courage é o título original deste livro, publicado pela Editora Europa-América (Portugal) em 1998. Há ainda outras versões em português sob os nomes *A insígnia vermelha da coragem*, em tradução de Jorge Pinheiro, Editora Nova Vega, 2007 (Portugal), e *O emblema rubro da coragem*, Editora L&PM (Brasil), edição esgotada.

cópias em 25 línguas nos seus primeiros 18 meses de publicação. Em 1930 o livro foi convertido num filme vencedor do Oscar, dirigido por Lewis Milestone. O filme é surpreendentemente realista e violento para a época. Cenas de decapitação e desmembramento servem para mostrar quanto a guerra é absurda.

O *trailer* e cenas diversas do filme podem ser vistos no YouTube sob o título em inglês *All quiet in the Western front*.

Cena do filme *Nada de novo no front* (1930)

O vencedor do Nobel de Literatura de 1954, o americano Ernest Hemingway, publicou em 1929 a obra semiautobiográfica *Adeus às armas*. A história se passa durante a 1ª Guerra Mundial e narra a trágica história de amor entre um soldado americano e uma enfermeira inglesa. O livro é um depoimento poderoso sobre os efeitos dos horrores da guerra na vida das pessoas comuns. Mostra quanto a guerra é insensata e quanto é inútil buscar sentido durante tempos de guerra. O romance foi adaptado para o teatro em 1930 por Laurence Stallings. Em 1932 Frank Borzage dirigiu um filme baseado na obra, o qual foi indicado para o Oscar. Outro filme foi feito em 1957,

Ernest Hemingway

Cenas do filme podem ser vistas no YouTube mediante busca pelo título inglês, *Farewell to arms*. Há, a propósito, interessante versão animada com o brinquedo Lego que usa o nome do livro, mas não tem nada que ver com a trama original.

dirigido por Charles Vidor e John Huston, dois dos maiores diretores de cinema da história.

Em 1940, Hemingway publicou o livro *Por quem os sinos dobram*, cujo enredo se desenrola durante a Guerra Civil Espanhola (entre 1936 e 1939). Trata-se de obra baseada em acontecimentos reais: retrata a experiência de Hemingway, que vivia na Espanha nessa época e chegou a lutar contra as forças nacionalistas do ditador Francisco Franco. A morte, o suicídio por desespero e a brutalidade da guerra moderna são os temas centrais do livro. Como fizera em *Adeus às armas*, o escritor mostra como os armamentos modernos tiraram toda e qualquer ilusão de glória romântica associada às guerras do passado. O heroísmo se torna carnificina. Em 1943 estreou um filme baseado no livro, dirigido por Sam Wood e estrelado por Gary Cooper e Ingrid Bergman. Foi indicado para nove Oscars, incluindo o de melhor filme.

Cenas do filme podem ser vistas no videoclipe *For whom the bell tolls* (titulo original do livro em inglês), da banda Metallica.

– Agora penso que podemos também realizar algumas sessões de filmes para todos assistirem e comentarem os temas – sugeriu Pedrinho, já pensando em sentar-se perto de Juliana.

Artur Daniel percebeu o olhar do menino para a colega e lembrou-se de seus tempos de juventude. Seria bom se o mundo fosse assim apenas... Continuou:

– Outro romance importantíssimo é *Uma arma para Johnny* (1939), do também americano Dalton Trumbo. Apesar de ser uma obra pacifista publicada em tempos de guerra, ela foi bem recebida e ganhou um prêmio em 1940. O drama é imensamente tocante, pois retrata o que se passa com um soldado, Joe Bonham, que, na 1ª Grande Guerra (de 1914 a 1919), perde braços, pernas e rosto e, entretanto,

Capítulo V

Uma criação computadorizada inspirada na obra de Dalton Trumbo (Sébastien Sonet – www.xxeb.net)

continua plenamente consciente. Ele acaba se comunicando com os médicos em código Morse, por meio de batidas de cabeça no travesseiro. Primeiro, implora para morrer. Depois, pede que seja colocado numa caixa de vidro e apresentado em turnês pelo país, para mostrar às pessoas os verdadeiros horrores da guerra, mas sua vontade nunca se realiza.

Em 1971, o próprio Trumbo dirigiu um filme com a adaptação do livro, e ele foi indicado para o Globo de Ouro. Em 1982 o livro foi adaptado para o teatro por Bradley Rand Smith e, desde então, a adaptação tem sido montada em todo o mundo. Em

Como se constrói a paz?

> Cenas dos dois filmes podem ser vistas no YouTube, mediante busca pelo título original em inglês, *Johnny got his gun*.

2008, outra adaptação foi feita para o cinema, dirigida por Rowan Joseph. Trechos do filme de 1971 aparecem no videoclipe *One*, da banda Metallica, e esse clipe também pode ser visto no YouTube.

— Muitos livros transformam-se em filmes e peças de teatro. Nesses casos, eles também nos servem como um instrumento de sensibilização para que não utilizemos esses caminhos de destruição humana — considerou o filósofo Joaquim.

Artur Daniel continuou a falar sobre os livros pacifistas.

> O nome também pode ser grafado como Mikhail Aleksandrovich Sholokhov.

— Outro recebedor do Prêmio Nobel (1965), o russo Mikail Cholokov, também escreveu um dos melhores livros de crítica da guerra, intitulado *Morreram pela pátria* e publicado em 1959. Ele retrata de forma dramática os horrores da guerra. Em 1975 a obra foi adaptada para o cinema, sob a direção de Sergei Bondarchuk, com roteiro coassinado pelo próprio Cholokov. O filme foi indicado para a Palma de Ouro do Festival de Cinema de Cannes.

> Há duas edições em língua portuguesa, ambas de Portugal: uma da Editora Europa-América, outra da Portugália Editora. Podem ser encontradas em sebos, também pela internet (cf. www.estantevirtual.com.br).

Também *Kaputt* (1944) e *Pele* (1949), do italiano Curzio Malaparte, são obras fortíssimas contra a guerra. *Kaputt* é uma descrição impressionante das atrocidades cometidas, na 2ª Guerra Mundial, pelo exército alemão e russo na frente leste; *Pele*, que foi proibido pela Igreja Católica, volta o olhar crítico para a sua Itália natal. As obras apresentam a guerra do ponto de vista dos condenados à derrota.

Exodus (1958) e *Mila 18* (1961), de Leon Uris, abordam o drama da desumana e abominável perseguição e extermínio dos judeus pelos nazistas durante a 2ª Guerra Mundial. *Exodus* retrata a formação do Estado de Israel e tem seu título tirado do nome do

Capa do DVD do filme *Exodus*

navio que levou os primeiros imigrantes judeus de volta para a Palestina, em 1947. Em 1960 Paul Newman estrelou o filme baseado no livro, com roteiro de Dalton Trumbo (o grande autor de *Uma arma para Johnny*) e direção do renomado Otto Preminger. *Mila 18*, baseado em fatos reais, relata a ocupação nazista da Polônia e as atrocidades aí cometidas, a desumanização e o extermínio da comunidade judaica polonesa. O livro centra-se na luta no gueto de Varsóvia, que, ao fim dos ataques, é reduzido a escombros.

> Gueto é a parte de uma cidade, como um bairro ou um conjunto de ruas, onde os membros de determinada minoria são obrigados a viver, geralmente por pressões legais, econômicas ou sociais. É clara forma de segregação social, que pode ser motivada pela religião, raça, nacionalidade ou qualquer outro motivo de preconceito.

Juliana, para decepção de Pedrinho, exprimiu seu desconforto:

— Acho que ficarei impressionada demais se assistir a esses filmes.

— Não ficará, não, Juliana, eu cuido de você — acudiu o menino.

— Eeeeh! — gritou em coro a turma.

A menina ficou vermelha, mas, no fundo, bem que gostou da conversa do Pedrinho.

— Finalmente — anunciou Artur Daniel —, um livro que não é um romance, mas uma obra jornalística: *Hiroshima*, de John Hersey. O livro foi considerado a mais importante peça jornalística do século XX por um painel de 36 membros, reunido pelo Departamento de Jornalismo da Universidade de Nova York. O autor relata os acontecimentos que se sucederam à explosão da bomba atômica sobre a cidade japonesa de Hiroshima, concentrando-se na história de seis sobreviventes. Ele foi um dos primeiros a escrever segundo os ditames do "novo jornalismo", como foi denominada a forma de jornalismo literário que une os recursos característicos da narrativa de romance com a reportagem não ficcional. Numa prosa direta e clara, Hersey refere as horríveis consequências da bomba atômica: os olhos derretidos dos soldados, as pessoas vaporizadas instantaneamente, deixando apenas sua sombra gravada nas paredes, as massas de sobreviventes com a pele derretendo no corpo... A obra é um testemunho imortal da insanidade dos armamentos atômicos.

> A trilogia é composta dos volumes *O continente* (1949), *O retrato* (1951) e *O arquipélago* (1962).

Beatriz continuou questionando sobre os artistas brasileiros:

— Mas e os brasileiros? Quais retrataram a guerra?

— No Brasil não são muitos os autores que se dedicaram à literatura engajada no pacifismo. Mesmo assim, vale destacar, com honra, o gaúcho Erico Verissimo, com sua monumental trilogia *O tempo e o vento*. No volume *O continente* (1949), que tem como substrato histórico os últimos anos das missões jesuíticas no Rio Grande do Sul (os Sete Povos das Missões), Ana Terra, a personagem principal, enfrenta o caos e a violência disseminados pelas Guerras Platinas. Ela assume a profissão de parteira, uma metáfora da vida, enquanto à sua volta a guerra e a morte imperam de maneira insana. Ana Terra exibe um corajoso e ardente pacifismo e uma repulsa extrema a qualquer tipo de violência, em contraste com a sanguinária cegueira dos homens que se matam até o aniquilamento. Como é característico na obra de Erico Verissimo, é a mulher quem representa os mais altos valores morais e quem é realmente forte ante as dificuldades e sofrimentos.

— Mais um livro para a nossa roda – declarou João Augusto, anotando o nome de Erico Verissimo em seu caderno. — E tem mais algum?

— O grande poeta e músico Vinicius de Moraes escreveu o poema *A rosa de Hiroxima*, musicado por

Capítulo V

Gerson Conrad, que evoca de maneira pungente a destruição da cidade japonesa às 8h15 da manhã do dia 6 de agosto de 1945. Entre 90 mil e 140 mil pessoas foram mortas em consequência de uma única bomba atômica. O poema havia sido escrito quando da estada de Vinicius em Los Angeles, entre 1946 e 1950, como diplomata.

> Vários videoclipes muito bons podem ser vistos no YouTube.

— E filmes? Você já mencionou vários. Há algum mais? – perguntou Pedrinho, que, apesar do interesse em Juliana, gostava sinceramente de assistir a filmes e documentários.

> Cifras para o violão podem ser encontradas em: <http://cifraclub.terra.com.br/cifras/ney-matogrosso/rosa-de-hiroshima-tgsg.html>.

— Sim, há vários ainda, mas seria muito demorado falar de todos aqui. Talvez em outra ocasião possamos fazê-lo. Mas há uma lista bem completa no *site* Wikipedia, em inglês, no verbete *Anti-war film*. Ali também há um *link* para uma lista extensa de músicas contra a guerra (*Anti-war songs*) e de livros (*books with anti-war themes*). Mas, por eu gostar demais dos que vou mencionar agora, quero recomendar que vejam, além dos mencionados antes, *A grande ilusão* (1937), de Jean Renoir, *Dr. Strangelove* (1964), uma comédia de humor negro de Stanley Kubrik, a animação japonesa *Cemitério dos vaga-lumes* (1988), de IsaoTakahata, o documentário *Corações e mentes* (1974), de Peter Davis, e *A escolha de Sofia* (1982), de Alan J. Pakula, com Meryl Streep e Kevin Kline. São filmes excelentes e de grande qualidade técnica e emocional.

— O legal é que o Artur Daniel traz sugestões do mundo todo. Conheceremos outros filmes, povos e obras de países diferentes – observou Pedrinho.

— Nossa! Destes nossos encontros com você, Artur, já podemos montar uma biblioteca sobre os assuntos da paz, uma "cedeteca" e até uma "devedeteca".

O Espaço Paideia crescerá... Muitos alunos poderiam visitá-lo. – Juliana continuava a ter ideias.

– Hummm, muito bom – murmurou João Augusto. – Será que a diretora nos cederia mais um espaço?

– Não sei se será possível – preveniu Joaquim –, mas penso que poderíamos elaborar um evento que tratasse apenas desse assunto e proporcionasse muitas ações aos alunos.

– Isso! – empolgou-se Juliana. – Quem sabe a Semana da Paz?

– Ok! – exclamou o filósofo. – Vocês terão muito que pensar nesta semana. Nosso horário terminou. Uma última pergunta?

Alguns levantaram a mão.

– Francisco, pode fazê-la.

– Bem – o menino procurava as palavras –, além de alguns eventos, o que podemos fazer de concreto, no dia a dia, para construir a paz?

Capítulo VI

Arte, ciência...
Religações entre "eu" e "nós"

Era o último encontro. Artur Daniel começaria um circuito de palestras em outros locais do Brasil e do mundo, além de participar de eventos especiais. A turma chegou ao encontro disposta a ouvir o que ele, com toda a sua experiência e vivência, poderia sugerir. Secretamente haviam trabalhado muito na homenagem que fariam e estavam felicíssimos porque ela favoreceria a todos, e não apenas a Artur Daniel. Combinaram que nesse dia ficariam juntos até as 20 horas.

– Vamos lá, pessoal! – disse animado o palestrante. – Lembram-se de que, no último encontro, Francisco perguntou quais seriam algumas das coisas que poderiam ser feitas para construir a paz no dia a dia? Vou tentar enumerar as que me parecem essenciais.

1) Acreditem que a paz é possível. Entendam, profundamente, que a violência é como uma doença que PODE ser curada. Convençam-se de que a guerra não é um impulso incontrolável do ser humano, mas pode ser evitada. Com essa convicção, vocês conseguirão entender muitas coisas e descobrirão muitos caminhos para a paz, com paciência e criatividade.

– O Espaço Paideia é um espaço de paz! – manifestou-se o filósofo Joaquim a título de colaboração.

– É mesmo – assentiu Arthur Henrique. – Quando estamos aqui, nem pensamos em brigas ou violência...

2) Eliminem o preconceito dos corações. Não aceitem argumentos que ponham qualquer grupo humano acima ou abaixo de outros. Defendam as minorias e não permitam que sejam maltratadas.

– Eu procuro fazer isso e ajudar os que necessitam. Existem crianças, idosos e animais que não podem ser ouvidos, mas necessitam de muita ajuda – afirmou Juliana.

– É verdade, Ju – concordou João Augusto. – Você sempre acha um tempinho para ajudar as pessoas.

3) Cuidem do que falam. Não ofendam. Não usem linguagem baixa contra as pessoas. Evitem palavras agressivas. Não façam acusações. Usem frases com "eu" (que tendem a ser de explicação e solicitação), em vez de frases com "você" (que tendem a ser de acusação). Fale do que você pensa, sente ou

Como se constrói a paz?

acha, sem fazer julgamento da outra pessoa. Por exemplo, em vez de dizer: "Você é um mentiroso!" (ofensa), diga: "Eu não consigo acreditar no que você está dizendo" (pensamento). Em vez de: "Você me traiu!" (acusação), diga: "Eu me senti traído!" (sentimento). Em vez de: "Você fez de propósito!" (acusação), prefira: "Eu acho que você fez de propósito" (impressão).

4) Não ajam quando estiverem de cabeça quente. Não digam nada agressivo. Deem um tempo para esfriar os ânimos. Digam algo como: "Agora estou MUITO zangado! Quero primeiro me acalmar, para depois resolver isso."

— Sabem, estas conversas que temos tido me ajudaram a resolver o problema lá na sala de aula. Consegui conversar com o líder da turma que implicava comigo e dizer a ele que eu não gostava das zombarias. E não é que pararam? — revelou aliviado Francisco.

— Fico extremamente feliz, Francisco — regozijou-se Artur Daniel —, de que você tenha conseguido, pelo diálogo, resolver a questão que tanto o incomodava! Vamos aos outros pontos.

5) Encontrem tempo para orar e meditar: são excelentes meios para a paz. Nenhum dos grandes pacifistas da humanidade dispensou a espiritualidade. Leiam os textos sagrados. Mas não sejam fanáticos a ponto de excluir as outras crenças, pois isso vai contra a paz.

Capítulo VI

– Já li muitos textos sagrados e descobri afinidades entre eles, tais como: fazer o bem, acreditar na vida, solidarizar-se com o próximo e acreditar na força poderosa do amor – exemplificou Cecília.

6) Leiam livros, vejam filmes e ouçam músicas que falem de paz ou condenem a guerra. Conheçam a biografia dos grandes pacifistas. Façam do pacifismo uma forma de vida.

– Bem, eu adoro biografias; tenho um álbum cheio delas que posso emprestar – anunciou João Augusto.

7) Participem de entidades e movimentos pacifistas. Celebrem o Dia Internacional da Paz (21 de setembro) e o Dia Mundial da Paz (1º de janeiro), promovendo atividades em sua escola ou comunidade.

Cf. <www.peaunesco.com.br/oqueeopea.html>.

– Ótimo dia para um evento de paz: 21 de setembro – sugeriu Juliana.

Joaquim lembrou-se de um importante projeto para a cultura de paz:

– Existe um trabalho feito pelo PEA – Programa das Escolas Associadas da Unesco – cujo objetivo é promover intercâmbios e ações de paz em escolas do mundo. São instituições de mais de 130 países partilhando do objetivo fundamental, que é criar uma rede internacional de escolas que trabalhem pela ideia da cultura da paz, promovendo temas de estudo, intercâmbios e divulgação de projetos.

Site: <http://www.redepaz.org/>.

– A Rede Paz – complementou Artur Daniel –, que objetiva compartilhar conhecimentos sobre a paz

e habilidades para lidar com as diversas dimensões da experiência humana, propicia eventos em todo o mundo, além de permitir a inscrição de projetos locais. O endereço é meio complicado, mas escreverei na lousa assim mesmo: <http://www.redepaz.org/localmeetings/localmeetings_21092007_crierede.htm>.

8) Desenvolvam virtudes, especialmente o senso de justiça, de honestidade, de veracidade e de fraternidade.

9) Procurem ser desprendidos das coisas materiais, ocupando-se mais das coisas do espírito, como a cultura, o conhecimento, as artes e a natureza.

– Em nossos artesanatos, buscamos preservar a natureza, reaproveitando materiais, e desenvolver a beleza – explicou Beatriz, contente por ter vendido suas peças, em conjunto com a mãe, para o sustento da família.

– Procuro, no dia a dia, fazer tudo com muito capricho. Nossa professora nos mostrou o capricho da natureza: o desenho das asas das borboletas, o perfume das flores, o formato dos animais, o capricho do corpo humano; até cílios nós temos – contou Maria Clara, que tinha os cabelos cacheados e cheios de fivelinhas. Seus cadernos pareciam obras de arte...

Artur Daniel, decididamente, estava querendo muito bem ao grupo. Assim continuou com o desejo de partilhar tudo o que podia de seus próprios aprendizados.

10) Não façam fofoca ou calúnia nem participem delas. Afastem-se de comentários negativos sobre outras pessoas, pois eles sempre têm algum veneno que afeta o coração.

– Que coisa mais chata essa história de fazer comentários errôneos sobre os outros, de plantar maldade no coração das pessoas! – reconheceu Pedrinho.

11) Pensem e julguem por si mesmos. Não imitem comportamentos ou ideias só por conveniência. Sejam autênticos e saibam defender suas ideias e convicções com argumentos sólidos. Façam seus argumentos pela paz ser ouvidos.

– Aí estão dois problemas – reforçou Pedrinho –: acreditar em fofocas, sem saber emitir opinião de verdade, e copiar os outros, querer o mesmo tênis, as mesmas coisas. Parece que essas pessoas não pensam por si mesmas...

12) Preencham seus pensamentos de gratidão, amizade, alegria e amor.

– Graças à ideia de João Augusto, estamos aqui hoje e somos gratos a ele e ao filósofo Joaquim – lembrou Arthur Henrique.

João Augusto sentiu-se feliz com o reconhecimento do amigo, a quem conhecia desde pequeno.

13) Evitem todo tipo de vingança. E procurem sempre impedir que outros a cometam. Busquem a justiça, mas nunca a retaliação, muito menos a violência.

Joaquim também se sentia feliz com a gratidão que percebia nos olhos de todos e mais ainda com a presença ali, no Espaço Paideia, de um dos meninos que costumavam perturbar os colegas de classe. Toda a turma o acolhera bem...

14) Memorizem o ditado popular: "Quem com ferro fere, com ferro será ferido."

– E "quem com amor toca, com amor será tocado" – completou o filósofo Joaquim, olhando amorosamente para a turma.

15) Tenham amigos e alegria, riam e se divirtam. Valorizem quem vocês são. Gostem de si mesmos e apreciem os talentos que a vida lhes deu. As pessoas agressivas são frustradas e têm pouco amor-próprio (que tentam compensar com o doentio egocentrismo).

– Ah! Isso é fácil, com a nossa turma do Espaço Paideia! – alegrou-se João Augusto.

16) Digam "por favor", "obrigado", "com licença".

17) Não usem nem deem de presente brinquedos bélicos ou jogos violentos. Manifestem-se contra a programação violenta nos horários para crianças.

Capítulo VI

Nesse momento, Arthur Henrique, que tinha bonequinhos do tempo em que era mais novo, com os quais secretamente brincava de vez em quando, decidiu, no seu íntimo, mandar para a reciclagem tudo que representasse armamentos.

18) Sejam bondosos e generosos. Repartam coisas, ideias, momentos, sorrisos.

19) Perseverem. A paz não se faz do dia para a noite. Lembrem que muitos já deram a vida por ela. Vocês têm apenas que dar seu esforço e inteligência e participar de ações que promovam a paz.

20) Sigam a **Regra Áurea** *em todos os momentos da vida. Nunca se esqueçam dela, pois é a chave suprema da paz.*

– Opa! – interrompeu Pedrinho. – O que é a Regra Áurea?

– Essa eu também não conheço – confessou Francisco.

Na verdade, ninguém ali sabia, afora Artur Daniel e o filósofo. E foi Artur quem respondeu:

– A Regra Áurea é como se chama o ensinamento central de todas as tradições espirituais do mundo. Vocês sabem que todas as religiões têm uma variedade muito grande de ensinamentos e a maioria delas, um volume muito grande de escritos sagrados. Porém, quando se espreme tudo isso, na busca da essência das essências, ou seja, do ensinamento mais fundamental da religião, o que encontramos é a

[40]*Mahabharata*, apud ROST, 1986, p. 28; CAMPBELL, 1983, p. 52.

[41]*Talmud Babilônico-Hillel*, apud SCHLESINGER e PORTO, 1984, p. 26; ROST, 1986, p. 69.

[42]BÍBLIA. Levítico, 19,18.

Alguns conhecem Zoroastro como Zaratustra, por causa da obra *Assim falou Zaratustra*, do filósofo Friedrich Nietzsche, e do poema sinfônico de Richard Strauss de mesmo nome. Apesar de pouco conhecido no Brasil, foi um dos profetas com maior influência no Ocidente. Foi por meio do contato com seus ensinamentos que Sócrates, o pai da filosofia ocidental, desenvolveu seus conceitos de um Deus único e da imortalidade da alma, ideias estranhas ao pensamento grego. Os três reis magos, tão famosos na história do cristianismo, eram sacerdotes zoroastrianos que viajaram desde a Pérsia até Belém, na Palestina.

[43]*Gathas*, apud ROST, 1986, p. 56.

[44]*Dhammapada*, apud ROST, 1986, p. 39.

mesma lei em todas elas. Essa lei é chamada de *Regra Áurea* (ou de Ouro). Anos atrás fiz uma pesquisa sobre ela, que compartilho aqui com vocês. Vejam como a Regra Áurea se expressa nas diversas tradições espirituais.

Hinduísmo

(Krishna, há 5 mil anos, Índia)
"Não faças aos demais aquilo que não queres que seja feito a ti; e deseja também para o próximo aquilo que desejas e aspiras para ti mesmo. Essa é toda a Lei, atenta bem para isso." [40]

Judaísmo

(Moisés, há 3,4 mil anos, Egito-Palestina)
"Não faças a outrem o que abominas que se faça a ti. Eis toda a Lei. O resto é comentário." [41]

"Amarás o teu próximo como a ti mesmo." [42]

Zoroastrismo

(Zoroastro, há 2,6 mil anos, Pérsia)
"Aquilo que é bom para qualquer um e para todos, para quem quer que seja, isso é bom para mim. [...] O que julgo bom para mim mesmo deverei desejar para todos. Só a Lei Universal é verdadeira Lei." [43]

Budismo *(Buda, há 2,5 mil anos, Nepal-Índia)*
"Todos temem o sofrimento e todos amam a vida. Recorda que tu também és igual a todos; faze de ti próprio a medida dos demais e, assim, abstém-te de causar-lhes dor." [44]

Cristianismo

(Jesus Cristo, há 2 mil anos, Palestina)
"Tudo aquilo, portanto, que quereis que os homens vos façam, fazei-o vós a eles, porque isto é a Lei e os Profetas." [45]

Islamismo

(Maomé, há 1,4 mil anos, Arábia)
"Nenhum de vós é um verdadeiro crente a menos que deseje para seu irmão aquilo que deseja para si mesmo." [46]

Tradição iorubá

(tradição oral, há 1,2 mil anos, África)
"Sempre que alguém partir um galho na floresta, deve pensar como se sentiria se ele próprio fosse o galho que está sendo partido." [47]

Fé Bahá'í

(Bahá'u'lláh, há 160 anos, Pérsia-Palestina)
"Ó filho do homem! [...] se teus olhos estiverem volvidos para a justiça, escolhe tu para teu próximo o que para ti próprio escolhes. Bem-aventurado quem prefere seu irmão a si próprio..." [48]
"Não ponhais sobre nenhuma alma uma carga da qual vós não desejaríeis ser incumbidos, nem desejeis para pessoa alguma as coisas que não desejaríeis para vós mesmos. É este meu melhor conselho a vós, fôsseis apenas observá-lo." [49]

[45]BÍBLIA. Mateus 7,12. Aqui Jesus mostra como distinguir os verdadeiros profetas dos falso: os verdadeiros profetas ensinam a Regra Áurea, os falsos, não.

[46]*Hadith*, apud ROST, 1986, p. 103; CAMPBELL, 1983, p. 54.

A tradição iorubá veio da África, trazida pelos negros escravos. É uma tradição espiritual ágrafa, ou seja, sem escritura sagrada. Seus ensinamentos são transmitidos de boca em boca, de geração em geração. Quase todas as religiões que têm escritos sagrados também foram ágrafas no passado. Muitos dos textos da própria Bíblia têm sua origem em tradições oralmente transmitidas.

[47]Apud ROST, 1986, p. 21.

[48]*BAHÁ'U'LLÁH. Palavras do paraíso*: Terceira e Décima Folhas do Paraíso.

[49]BAHÁ'U'LLÁH, 1977, LXVI.

– Impressionante! Todas ensinam a mesma coisa, apesar de serem religiões diferentes! – admirou-se Cecília.

– Isso mesmo, e quase nas mesmas palavras! – acrescentou Francisco.

– Será que um copiou do outro? – pensou em voz alta Pedrinho.

– Realmente – disse Artur Daniel –, é muito impressionante como todas convergem para uma única lei suprema: tratar os demais como gostaríamos de ser tratados e não fazer aos outros o que não gostaríamos que nos fizessem. E é importante perceber que essa lei espiritual não se aplica apenas às pessoas, mas tem também claras consequências sociais: um grupo social não deve tratar outro como não gostaria de ser tratado. Com essa lei na cabeça e no coração, conseguimos acabar com toda forma de discriminação, preconceito e violência social e também trabalhar em favor da solidariedade socioambiental. Pedrinho, não houve cópia mútua, não! Acontece que a fonte de todas essas religiões é o mesmo e único Deus. E ele sempre repete seu ensinamento principal, mesmo que os alunos sejam diferentes, como os diversos povos nas diversas épocas.

– Mas, se todas as religiões ensinaram a mesma lei fundamental, por que é que há tanta separação entre as religiões? – indagou Cecília.

– É que toda religião tem duas dimensões: uma espiritual e eterna, e outra social e passageira. A dimensão eterna diz respeito aos ensinamentos fundamentais, como o amor, a justiça, o perdão, a honestidade, a veracidade. Esses ensinamentos nunca mudam. São os mesmos em todas as religiões e em todos os tempos. Nenhuma religião ensinou o ódio, ou a injustiça, ou a mentira.

A dimensão social, por outro lado, adapta-se à realidade histórica dos povos em meio aos quais os profetas surgiram. Esses ensinamentos são como uma roupa, que precisa ser trocada quando a pessoa cresce, por mais bela que tenha sido quando usada na infância.

– A vida é muito sábia. Meu pai, que estuda muito a natureza, disse que mesmo ela pode nos ensinar sobre o nascimento, o florescimento, a partilha e as novas sementes – comentou Arthur Henrique.

Artur Daniel identificou-se com o menino, lembrando-se saudosamente de seu próprio pai. E prosseguiu a explicação:

– Como os homens se apegam aos ensinamentos sociais, esquecendo os espirituais, acabam dando mais valor ao que os separa das outras crenças do que àquilo que os une a elas. Mas isso era característico dos estágios da infância e da adolescência da humanidade. Agora estamos no início de sua maturidade, e a unidade na diversidade será, cada vez mais, a grande realidade do mundo, tanto nas questões religiosas quanto em todas as demais. E vocês estão entre os que ajudarão a construir essa realidade sem ódio, sem violência e sem guerra.

– Mas as religiões não causam justamente a separação? Não seria melhor um mundo sem religiões? – perguntou novamente Cecília.

Artur Daniel olhou-a com um sorriso e disse:

– Sem os ensinamentos morais e espirituais que vêm das religiões, os homens seriam piores que os animais. Não seria possível construir civilizações. Não haveria possibilidade de fraternidade universal nem de um futuro de paz. O que a humanidade tem de mais belo e sublime veio da luz da religião.

Quando a luz dos ensinamentos religiosos desaparece, a escuridão do ódio e da injustiça toma conta da sociedade. Agora, é bom notar que, muitas vezes, a luz dos ensinamentos espirituais desaparece DENTRO das próprias religiões. Daí, em vez de forças de amor, elas se tornam veículos do ódio. Devemos considerar a religião como um corpo humano que, quando habitado pelo espírito do amor, da saúde e da alegria, se move, é animado e flexível. Quando já não tem amor, ou saúde ou alegria, fica triste, depressivo, se desintegra, e é como se fosse morto. O mesmo ocorre com a religião. Quando o espírito do amor, quando a lei universal, a Regra Áurea, some dela, então ela se torna dura, sem piedade e se desintegra e morre, o que socialmente se manifesta pelo fanatismo e pela divisão em seitas.

– Lembremo-nos de que a palavra religião vem do latim *religare*, que significa religar, reconectar. Ou seja, a religião religa o homem com o mais Alto – disse Joaquim.

– Exatamente – continuou Artur Daniel. – Assim, não são as religiões que causam a separação entre os homens. Ao contrário, elas oferecem a possibilidade da união universal. Somente quando os seguidores de uma religião se afastam da Regra Áurea é que a religião pode ser usada para dividir os homens.

– Como podemos evitar que isso aconteça conosco? Como podemos manter uma boa convivência com pessoas de outras crenças? – quis saber Cecília, já que, por ter na família pessoas de várias religiões diferentes, percebia com tristeza que, às vezes, cada um queria estar mais certo que o outro. Será que não percebiam que eram todos filhos de uma mesma Vida?

– "Examinai tudo e guardai o que for bom"[50] – citou Artur Daniel, com uma voz ao mesmo tempo doce e grave. – Essas palavras de São Paulo são tudo de que precisamos para abrir o coração e a mente à verdade e ao bem existente em todas as tradições espirituais. A instrução nos protege de todo etnocentrismo, preconceito, fanatismo e alienação. Com ela em mente, nossa vida espiritual e social fica livre da desconfiança, da inimizade e do ódio baseados nas diferenças de crença religiosa.

"Examinai tudo." Essa diretriz nos move ao encontro do outro, do diferente, do desconhecido. Ela incute uma atitude não apenas moral, mas também científica e social. Ela nos instrui para uma jornada de descobrimento das pessoas, comunidades, crenças, religiões, ideias e convicções diferentes das nossas. Ela permite que nos abramos ao amplo e infinito universo de Deus e à vasta e variada diversidade dos homens. Ela nos convida a ser pescadores, a lançar nossas redes de modo corajoso e livre em oceanos e mares distantes de nosso lar.

"Guardai o que for bom." Dizendo isso, São Paulo nos conclama a encontrar o bem e o verdadeiro que existem no diferente, no estranho, no *Outro*. Essa diretriz nos permite descobrir os sinais de Deus manifestos onde jamais suspeitaríamos se não seguíssemos o primeiro princípio, *"examinai tudo"*. Com essas palavras, somos convidados a recolher os peixes espirituais pescados em nossas redes amplamente lançadas. Peixes que nos alimentarão a alma e nos farão respeitar as águas distantes onde foram pescados.

[50]BÍBLIA. 1 Tessalonicenses 5,21.

A forma pela qual uma pessoa ou grupo definem o Outro é parte fundamental de como definem ou mesmo constituem a própria identidade. Fichte e Hegel estão entre os primeiros a introduzir o conceito. Husserl empregou-o como base da intersubjetividade. Depois, Sartre, Beauvoir, Lacan e Lévinas contribuíram para a sedimentação do entendimento contemporâneo do Outro. O conceito tem sido empregado nas Ciências Sociais para compreender os processos pelos quais pessoas e grupos sociais criam critérios de exclusão e alienação.

Etnocentrismo é a tendência para acreditar que a etnia, a cultura, a religião, a nacionalidade ou o grupo social a que se pertence são intrinsecamente superiores aos demais. Quando um grupo social (religioso ou não) se coloca no topo de uma imaginária hierarquia, a consequência natural é julgar os outros segundo os próprios parâmetros, não compreendendo que estes podem ser tão ou menos válidos que os dos demais. O etnocentrismo é aprendido. Ele é produzido culturalmente e só pode ser desconstruído se sua construção for reconhecida. É fundamental examinar a base de nossas crenças, fazendo-o não apenas ao levar em conta nossa própria tradição, mas também à luz das outras, segundo o princípio do Outro filosófico de Emmanuel Lévinas.

Expressão latina que significa modo de vida, jeito de viver.

O etnocentrismo é uma das mais poderosas forças na consciência humana. Movidos por ele, somos levados a considerar nossa realidade (nossa religião, nossa cultura, nossa etnia, nossa nação, nosso *modus vivendi*, etc.) como inerentemente, *ou naturalmente*, melhor que a de todos os demais. Dessa forma, ainda que reconheçamos a *existência* do Outro (Eles), consideraremos suas realidades como inferiores, ou potencialmente danosas, ou perigosas.

Seríamos como tolos pescadores que foram até outros mares, mas voltaram de mãos vazias. Não reconhecendo os peixes que lá pescaram – diferentes daqueles aos quais estavam acostumados –, jogaram todos de volta no mar. Por isso é fundamental perceber nossos pressupostos etnocêntricos. Não podemos julgar os outros pelos nossos próprios padrões. Isso não significa aceitar um relativismo cultural absoluto. Os mais altos e nobres valores humanos são universais. São eles que devemos recolher quando pescamos em mares estranhos. Eles podem se apresentar de forma diferente, mas, na essência, são idênticos aos nossos. Na metáfora dos pescadores, são peixes distintos dos que conhecíamos, mas igualmente nutritivos.

Nesse momento, um dos presentes, que fizera parte do grupo habituado a provocar os colegas, reuniu coragem e disse:

– Peço desculpas... Quando me faltaram esses conhecimentos, zombei muito do Francisco e de tudo que representasse diferença em nossa sala, como colegas que passassem a usar óculos, se machucassem, errassem alguma pergunta na prova... – concluiu envergonhado.

Artur Daniel e Joaquim apenas observaram a reação do grupo, e, para espanto deles, foi Francisco quem tomou a palavra:

Capítulo VI

– Quase saí da escola por causa disso... Mas, agora, tudo bem; fico contente em saber que você está se modificando, pois assim vai perceber que existem muitos bons amigos na turma. – E, dizendo isso, foi até ele e estendeu-lhe a mão.

– Valeu, cara! – agradeceu aliviado o outro, e a turma aplaudiu.

Artur Daniel abriu largo sorriso, um sorriso de paz, e concluiu:

– É por isso que, ao conhecer outras crenças, devemos investigar como é que seus ensinamentos e preceitos conduzem ao bem, ainda que sejam diferentes dos nossos. Se pescamos em águas estranhas, devemos perguntar aos pescadores locais quais são os peixes comestíveis, em vez de rejeitá-los por sua aparência diferenciada.

Uma pessoa ou grupo social movidos pelo etnocentrismo enxergam a realidade conforme o seguinte modelo:

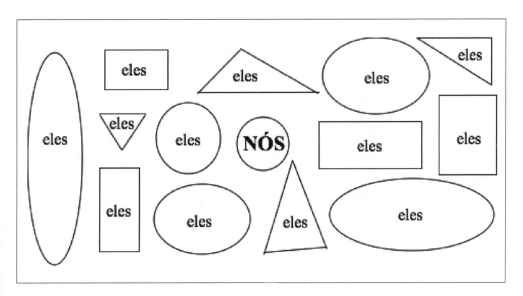

Percepção imatura da realidade

87

Como se constrói a paz?

É fácil perceber que o etnocentrismo coloca o *Nós* no centro do universo. Ao redor estão os vários *Eles* (o *Outro*). Alguns (os mais parecidos com *Nós*) ainda podem ser tolerados ou respeitados. Outros, porém, são definitivamente indignos (vejam aqueles quadrados!), e outros, ainda, claramente perigosos (imaginem-se ameaçados pela ponta daqueles triângulos!).

Essa separação tem profundo efeito sobre sentimentos e comportamentos. Mantemos laços de respeito (e, idealmente, de fraternidade e amor) com quem incluímos no círculo do *Nós*, por piores que sejam tais pessoas. Por outro lado, desprezamos e desrespeitamos (e mesmo odiamos) a quem incluímos nos *Eles*, por melhores que sejam!

Por exemplo, se o alcoólatra é meu filho, é o *coitado* do meu filho, que tem problema com bebida. Se é o filho do vizinho, é o *vagabundo* do filho do vizinho, e *ele* é o problema! Essa divisão de sentimentos e afetos provocada pelo etnocentrismo revela sua paradoxalidade na guerra. É certo que, no outro lado da trincheira, há soldados muito mais parecidos comigo – em virtude de seus valores, gostos, jeito de ser – do que muitos dos que lutam no meu exército. Ainda assim, *devo matá-los*, pois estão fora do círculo do *Nós*.

Entretanto, por mais poderosa que seja esta noção de *Nós* e *Eles*, ela não é fixa. Pode ser modificada pela inteligência e sabedoria. E, ao ser modificada, altera também a forma de sentirmos e de nos comportarmos. Por exemplo, podemos pensar em *Nós*, a nossa família, e *Eles*, os vizinhos. Ou podemos pensar em *Nós*, os moradores da nossa rua. O que aconteceu com *Eles*? Passaram a fazer parte de *Nós*, um *Nós* mais amplo, mas com laços e interesses comuns.

Da mesma forma, podemos viver na limitação de *Nós*, os cristãos, e *Eles*, os budistas, *Eles*, os muçulmanos,

Eles, os bahá'ís. Ou podemos viver na amplitude de *Nós*, os que amam e obedecem a Deus.

Uma das passagens bíblicas que ensinam isso é aquela em que São Pedro visita Cornélio em Cesareia.[51]

> *"Então, Pedro tomou a palavra: 'De fato', disse, 'estou compreendendo que Deus não faz discriminação entre as pessoas. Pelo contrário, ele aceita quem o teme e pratica a justiça, qualquer que seja a nação a que pertença.'"* [52]

Percebamos que, quando Pedro fala de *qualquer nação*, ele não usa o termo no seu significado contemporâneo de *pátria*, mas, sim, na acepção de *religião*, que era como se definiam as nacionalidades naquele tempo. Isso fica claro pelo fato de Pedro ter aprendido essa lição com a aparição de Jesus a uma pessoa de outra *religião* (um judeu), e não de outra *pátria* (Cornélio também vivia na Palestina). O que Pedro está dizendo, portanto, é que Deus aceita quem o teme e pratica a justiça, qualquer que seja a *religião* a que pertença.

Voltando ao nosso modelo de *Nós* e *Eles*, o que estas considerações nos levam a compreender é que uma pessoa verdadeiramente sábia constrói a realidade da seguinte forma:

[51] BÍBLIA. Atos dos Apóstolos 10,1-36.

[52] BÍBLIA. Atos dos Apóstolos 10,34-35.

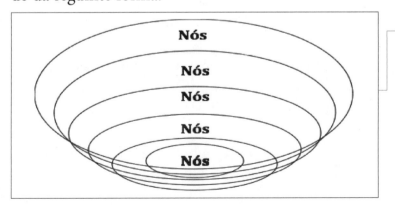

Percepção madura da realidade

Como se constrói a paz?

Ao redor de *Nós* não há *Eles*, apenas dimensões cada vez mais amplas de *Nós*. Essa é a única percepção que pode servir de base ao amor e à fraternidade universais. Precisamos nos apoderar dela e ensiná-la, se quisermos um mundo mais cheio dos atributos divinos que todas as religiões vieram trazer à humanidade.

Krishna, o profeta fundador do hinduísmo, ensinou há 5 mil anos:

[53]*Vedas*: Vemana Padymula. Apud CAMPBELL, 1983, p. 14.

"As flores nos altares são de muitas variedades, mas a adoração é uma só. Os sistemas de fé são distintos, mas Deus é um só. O objetivo de toda a religião é encontrar a Deus." [53]

Nada mais verdadeiro, seja para hindus, seja para qualquer pessoa.

Bahá'u'lláh, fundador da Fé Bahá'í, no século XIX, afirma ainda mais:

"Diz Deus, o Criador: Não há distinção alguma entre os Portadores de Minha Mensagem. Todos têm apenas um objetivo; Seu segredo é o mesmo segredo. De modo algum é permitido conferir honra a Um em preferência a Outro, enaltecer Alguns acima dos Demais."

Milhares de anos separam as duas frases, mas a essência é a mesma: devemos amar a luz, não importa em que lâmpada brilhe.

– Puxa! Quanta coisa bonita e interessante! Nunca pensei que se pudesse falar tanto a respeito da paz! – admirou-se Juliana.

– Há-há-há! – riu Artur Daniel com gosto. – E isso ainda não é nada! Há muito mais! Mas vocês, como jovens interessados na questão, poderão descobrir muitas coisas na internet, em livros, filmes e canções. Desejo a todos longa vida de dedicação aos ideais da fraternidade e da paz universais. E muito, muito obrigado por terem me convidado e dado o enorme privilégio de estar entre vocês!

Todos estavam boquiabertos em razão dos maravilhosos ensinamentos que Artur Daniel lhes havia proporcionado. Bateram palmas com entusiasmo.

Epílogo

A paz é possível!

Os integrantes do Espaço Paideia convidaram Artur Daniel para uma brincadeira: eles lhe vendariam os olhos e o levariam para outro local. Artur, sorrindo, aceitou.

E lá foram todos pelo corredor com Artur Daniel de olhos vendados...

Lá chegando, tiraram-lhe a venda e o que o homem viu muito o emocionou...

A diretora havia cedido um salão para ser o pequeno Instituto Paideia. Ali estava em destaque um pequeno espaço destinado ao **Centro da Paz**. Livros, CDs, DVDs sobre o tema, imagens de várias religiões, gravuras e até um pequeno palco para palestras e depoimentos. Muitos alunos e professores estavam presentes...

Artur Daniel recebeu o microfone para uma última fala. O problema é que ele estava inundado de lágrimas, pois ali se encontrava a prova viva de que estudos e ações centradas na paz modificam pessoas e lhes possibilitam novos sentidos para a vida. Possibilitam novas atitudes...

Respirou fundo e chamou seu mais jovem amigo, Arthur Henrique, que o abraçou. Abraçado ao menino, apenas disse aos demais:

– Nossa parceria representa bem o que dissemos: ele, jovem, eu, mais maduro; ele, Arthur Henrique, eu, Artur Daniel; ele, estudante, eu, professor; somos também de origens raciais diferentes e professamos diferentes religiões... Mas, no entanto, nos tornamos amigos, muito amigos!

Nesse momento, Joaquim também olhou significativamente para João Augusto.

– Venha aqui o restante do grupo – convidou Artur Daniel, e logo toda a turma se avolumou a seu redor. – Na verdade, somos todos diferentes, mas somos todos iguais, vivendo num mesmo objetivo de comunidade: *com unidade*.

Cheia de amor no coração e com uma sensação muito boa de fraternidade entre si, para com a humanidade e o planeta inteiro, a turma tirava várias fotografias para enfeitar o novo instituto com toda a sua diversidade. Eram jovens, tinham muita vontade de viver e sabiam que muito contribuiriam onde quer que estivessem... Seus talentos, não importando quais fossem, estariam a serviço da melhoria das relações no mundo como um compromisso dos voluntários da paz.

Bibliografia

(As citações de Einstein e Freud correspondem aos parágrafos de suas respectivas cartas, conforme publicadas em BEUST, 2006.)

BAHÁ'U'LLÁH. *Seleção dos escritos de Bahá'u'lláh.* Rio de Janeiro: Bahá'í do Brasil, 1977.

BÍBLIA. Disponível em: <http://www.bibliacatolica.com.br>. Acesso em 15 jul. 2009.

BOBBIO, Norberto. *O problema da guerra e as vias da paz.* Tradução de Álvaro Lorencini. São Paulo: Unesp, 2003.

CAMPBELL, E. S. *Las flores de los altares.* Buenos Aires: Ebila, 1983.

CLARK, Ronald W. *Einstein*: the life and times. New York: Avon Books, 1972.

EINSTEIN, Albert. *Como vejo o mundo.* Tradução de H. P. de Andrade. 12. ed. Rio de Janeiro: Nova Fronteira, 1981.

_____. Por que a guerra? Correspondência aberta de 30 de julho de 1932 a Sigmund Freud. Tradução de Luis Henrique Beust. In: BEUST, Luis Henrique. *Einstein e Freud*: paz e guerra num diálogo interdisciplinar. 2006. Dissertação (Mestrado em Educação, Arte e História da Cultura) – Universidade Presbiteriana Mackenzie, São Paulo.

FREUD, Sigmund. Por que a guerra? Correspondência aberta de setembro de 1932 a Albert Einstein. Tradução de Luis Henrique Beust. In: BEUST, Luis Henrique. *Einstein e Freud*: paz e guerra num diálogo interdisciplinar. 2006. Dissertação (Mestrado em Educação, Arte e História da Cultura) – Universidade Presbiteriana Mackenzie, São Paulo.

GALTUNG, Johan. *The struggle for peace.* Ahmedabad: Peace Research Centre, 1984.

GAY, Peter. *Freud*: uma vida para o nosso tempo. Tradução de Denise Bottmann. 13ª reimpressão. São Paulo: Companhia das Letras, 2004.

MACHADO, Ana Maria; PORTINARI, Candido. *O cavaleiro do sonho.* São Paulo: Mercúrio Jovem, 2009.

ROST, H. T. D. *The golden rule*: a universal ethic. Oxford: George Ronald, 1986.

SCHLESINGER, Hugo; PORTO, Humberto. *Pensamentos e mensagens religiosas.* São Paulo: Paulinas, 1984.

Para conhecer outros títulos da editora, acesse: www.cortezeditora.com.br